欺骗

Philip Roth

Deception

[美] 菲利普 · 罗斯——著　　　王维东——译　　　上海译文出版社

"你说我写。你开始。"

"这份东西叫什么名字呢?"

"不知道。我们管它叫什么?"

"私奔梦想调查问卷。"

"情人的私奔梦想调查问卷。"

"中年情人的私奔梦想调查问卷。"

"你还没到中年呢。"

"我当然已经中年。"

"我看你挺年轻。"

"是吗?好,这点当然要在调查问卷里提到。两名问卷调查对象该答的一切,都得包括。"

"开始。"

"最先让你烦我的事是什么?"

"你表现最差劲的时候，哪方面最差？"

"你真这么有活力吗？咱俩活力程度相当？"

"你是个身心健全而有魅力的、外向的人，还是孤僻成性的人？"

"你过多久会恋上另一个女人？"

"或者男人。"

"你永远不许变老。你对我也是这么想的？这事你想过没？"

"你必须同时和多少个男人或女人打交道？"

"你想要多少个孩子搅扰你的生活？"

"你是有条理的人吗？"

"你是纯异性恋者吗？"

"你具体了解我喜欢你哪方面吗？说确切点。"

"你说谎吗？你是不是已经对我说过谎？你认为说谎只是稀松平常的事，还是反对说谎？"

"如果你要求真相，你期待被如实告知吗？"

"你会要求真相吗？"

"你认为慷慨大度等于示弱吗？"

"你介意示弱？"

"你喜欢逞强？"

"我花多少钱不至于让你生气？你会不问什么就让我用你的

维萨信用卡吗？你会让我有权支配你的钱吗？"

"哪些方面，我已经让你失望了？"

"什么会让你感到窘迫？告诉我。还是说你连这都不知道？"

"你对犹太人的真实感受是什么？"

"你会死吗？你的头脑和身体都还好吧？说具体点。"

"你更喜欢有钱人？"

"如果我们被发现，你会有多慌乱？如果有人推门进来，你会说什么？我是谁？为什么这事不算什么？"

"什么事你不会告诉我？二十五个。还有吗？"

"我想不出还有什么。"

"我等你的回答。"

"我也等你的回答。我又有个问题。"

"哦？"

"你喜欢我穿的衣服吗？"

"你太吹毛求疵了。"

"一点也没。瑕疵越小，越能激发愤恨。这是我的经验。"

"行行。最后一个问题？"

"我有。有了。最后的问题。你仍以某种方式，在内心的某个角落，幻想婚姻是一场恋情吗？如果真是这样，那会引发很多后患。"

"我丈夫的女友前几天送了他一件礼物。她是个装模作样、争风吃醋、野心勃勃的女人。她简直想把什么都弄得很有戏剧性。她送了他一张唱片。唱片名我记不得了，但那是一部很有名、很美的音乐作品。舒伯特——关于他如何失去人生中的至爱，十九世纪最有趣的那个女子，高高瘦瘦的——反正尽和这个有关。所有这一切都在唱片套上的简介中写得很清楚，这份至爱是如何被孕育，两位心心相印者的真正结合，被残酷的命运分隔带来了多深的痛苦与痴迷。这分明是一份假模假式的礼物。他犯的错是，对这种事太不避讳。他本可以只说是他自己买的。但他告诉我是她送给他的。我猜他没看唱片的背面。有天晚上我喝醉了，我拿过那种用来划线、突出文字的粉色记号笔。大概划了七个词，这样一来，它们看起来滑稽可笑。然后，我平静地退到一个有尊严的距离，把唱片套交给了他。我那样做，是不是欠厚道？"

"你为什么喝醉？"

"我没醉。只是喝了很多。"

"夜里你喝很多酒。"

"是的。"

"喝多少?"

"量很大。得看情况。有的晚上我滴酒不沾。可一旦喝了,我完全能在晚饭前喝上几杯双份烈酒,晚饭后再喝几杯双份烈酒,吃饭时再喝点葡萄酒。即便这么着也喝不醉,反而有点兴奋。"

"这么说,你最近没怎么看书?"

"没看。我不是独自喝闷酒,有人陪着喝。尽管我们并不常在一起。嗯,最近在一起待过——可那是偶尔为之。"

"你这日子过得可真怪。"

"是的,很怪。反正出了岔子。但我们就这样了,这是我的生活。"

"你有多不开心?"

"我不开心的时间是一段一段的。有时候过得一团糟。然后,有很长一阵子的平静和相爱。很长一段时间,一切都似乎变糟。接着有一小段时间,一切又好像有望自行解决。现在我们俩没谁想争个没完。因为争也没用,只会让彼此更难相处。"

"你们还同床吗?"

"我就知道你会问,这个问题我不回答。如果你想去欧洲某地,我倒清楚我想去哪儿。"

"你和我吗?"

"嗯。阿姆斯特丹。我从没去过那儿。那里有很棒的展览。"

"你在盯着表看时间。"

"酒量好的人常常在喝第一杯前看看表。以防误事。"

"出什么事了?"

"哦,没事。两个保姆,两个孩子,两个吵成一团的女清洁工,加上英国这常见的潮湿。我女儿因为生病,不定什么时候把我吵醒,三点,四点,五点都有可能。我得对我的一切责任负责,这很累人。我需要一个假期。我觉得,咱俩不能再发生关系了。一天太短暂了。"

"是吗?太可惜了。"

"我想是不能了。你其实不是同意了吗?上次说起这个,你本人的话不正是这个意思?"

"哦,我明白了。你这是先发制人。好。按你说的办。"

笑。"嗯,我觉得还是那样好。我觉得,你说这事让你焦头烂额的时候,意思已经很明白。"

"什么事让我焦头烂额?"

"所有那些性爱的事。你说,你不认为自己只热衷于浪漫的友情。"

"我明白了。"

"看你这表情，似乎只想走一步算一步?"

"不不，不是的。我的表情是说，我还听着呢。"

"好吧，也许我不该这样简单化。"

"是吗? 哦，如果你想让它简单，我会把它变简单。"

"别什么也不说。我不喜欢你闷声不响。"

"和你见面感觉很怪。"

"不见更怪，不是吗?"

"不，我通常见不到你。"

"你看上去好像有点变化。发生什么了吗?"

"几天不见，我有这么大变化吗? 你告诉我哪儿变了，我就告诉你为什么变了。我是变高，变矮，变胖，还是变宽了?"

"是一种很细微的变化。"

"细微的吗? 我能说实话吗? 我想你了。"

"我去看了我俩的一个朋友，她跟她丈夫离了。她很聪明，很漂亮，事业也很成功。她很勇敢，也很自律。她挣了很多钱。

但她气色很差。"

"她单身多久了？"

"两个月。"

"她的气色还会更差。"

"她的工作不只有趣，还挣大钱，她以前就很富，所以钱不是问题。"

"她有孩子吗？"

"有两个孩子。"

"所以这是为她提供咨询性质的串门。"

"嗯，要是她应付不了，嗯，可真就……她刚生过重病，还搬了家。又刚刚离婚，两个孩子又偏偏忙中添乱。我不知从哪儿说起，不知从哪儿。"

"你还是不想叫你丈夫放弃他的女友，对吗？你不想对他说：'如果你不放弃她，我就去另一个屋睡。你要么睡我，要么睡她。你自己选。'"

"不，我不会这么说。我认为，她确实是我丈夫生命中重要的一部分。如果我那么说，就是我疯了，就是我自私。"

"你自私？"

"是的。"

"真的？你真这么想？如果真是这样，那你嫁给我得了。这想法还挺不错——之前我都没想到过，一个女人会说：'让我要求自己的丈夫放弃女友，是一种自私。'"

"可我真这么想。"

"人们一般都认为，男人想要她、得到她，是一种自私，而不会认为女人要求他放弃情人是自私的。"

"正确合理的观点不是自然而然就会有的。你说的这些也是我最初的反应，但现在我是这么想的……我明白自己处理丈夫的问题的方式很蠢，但那也许是因为我不知道自己哪里做错。他得长年忍受极度抑郁和孤寂的我。我觉得，这没什么好奇怪的——我总是独自一人待着，他又总不在我身边，只是拼命工作。我没有其他外遇，因为我一直觉得他容易受伤害，需要保护。"

"在我听来，他可没那么容易受伤。"

"这么说，他在医院病房里住踏实了。他心上人正陪着他？"

"'心上人'这个词真妙啊。"

"我想你可能喜欢。你终于能歇两天了。"

"唉，怪我不该数落他那么狠。他身上优点也蛮多的。只是我很久没睡好。今早醒来，居然感觉自己完全正常。"

"你听了我送你的唱片吗？"

"没。我得把它藏起来。"

"为什么非得藏起来？"

"因为我一般不买唱片。不常买。"

"那你怎么处理这张？"

"反正，傍晚我一个人的时候放着听。"

"如果被发现，你怎么办？蘸上盐和辣椒，把它吃下去？"

"我以前也买过唱片，也因此伤心过一阵子——唉，都是过去的事了。"

"怎么？你俩为了唱片也吵？"

"是。"

"真的吵过？"

"是的。"

"那可犯不上。"

"是犯不上。"

"你的样子很可爱。这身衣服真不错。是不是里外穿反了？"

"没有。我很多衣服的针脚都在外侧。只是你没注意。看起来很酷，会让人觉得你有点无法无天。"

"好吧，你看起来很可爱，但听上去累得够呛。你又瘦了。你没吃维生素和其他这类东西吗？"

"断断续续地吃。只是三天没吃饭，实在是忙。"

"忙坏了。"

"是。我坐在这间屋里想打字，这小东西就进来了，先是在地毯上尿尿，然后出去哭了会儿，又进来。接着翻乱了几页纸，把电话机从挂钩上弄下来，然后走到我面前，在沙发上拉臭。然后我得去上班，在老板跟前，说上八小时奉承他的废话。"

"你丈夫呢？"

"没见你的时候，事情相对简单。独自调整情绪，往别处分分神儿——索性忘记，不是吗？你没被搅和到这可怕的比较中来。我很想说给你听，我脑子里想些什么。但我觉得也许我是在滥用你，我可不想那么做。我只想不再向你解释那堆鸟事。如果你问起，我会告诉你，但我不想主动谈论。"

"只管说。我想知道你脑子里在想什么。我喜欢你的脑子。"

"我周末和我妈在一块。我丈夫不见人影，我一个人陪我妈过的周末。几个晚上我都没睡好。关于你，我想了很多。明天我得和婆婆吃午饭，这可不是件舒心事儿——她可不好伺候，最好别拿任何事情刺激她。保姆也不省心。这些保姆，她们都爱串门，比较各家雇主，我家保姆因此变得很不服管教。你知道宫颈是什么吧？"

"知道。"

"多傻的一个词，'宫颈'。是这样，我的上面长了肿块，得去作个检查什么的。我丈夫说我毁了他的性生活。他说：'你太沉重，把什么都弄得那么严肃、刻板，干啥都没欢乐和幽默'——确实如此。我认为他太夸张，但说的还算是真话。我一点也不享受性。它带给你的只有孤独和磨难。但生活就是这样，不是吗？"

"你为什么不给你丈夫面子，试着高潮呢？"

"我不想那样。"

"试试。就让自己高潮。这总比争吵要好。"

"我很生他的气。"

"别生气。他是你丈夫。他要和你做。就让他做吧。"

"你是想说，要更尽力。"

"不。哦是。去做就行了。"

"这种事意识控制不了。"

"不，做爱可以靠意识来控制。半小时内只当自己是婊子。要不了你的命。"

"婊子不会高潮。她们肯定不想。"

"就当自己是婊子。不用这么当真。"

"那是他的问题——是他对这事太当真了。他和一些人一样，认为女人该有好几次高潮，而且两个人应该同时高潮。唉，这事再正常不过，年轻人就这么干的，因为这对他们不难。可是一旦有了过往，彼此间积攒了一些怨恨——唉，我们之间有那么多对立。为什么我竟对一个人完全失去了爱欲呢？"

"你怎么不问我为什么会下雪？"

"可这是离开他的理由，不是吗？"

"这不是你离开他的理由，如果你有心离开他的话。"

"不是。但如果往深处挖，这就是埋藏在这一切之下的原因。他受不了我对他失去兴趣。"

"你好吗？"

"唉，和平常一样，又忙又气。"

"你看上去很累。"

"嗯，这没什么好吃惊的，是吧？我睫毛膏怕是要从脸上淌下来了。"

"你为什么生气？"

“我和丈夫大吵了一架。昨天。因为昨天是情人节，就得吵吵。有人之前对他说他不适合做我丈夫，因为我只想被宠爱，我听了气不打一处来——不过有时，我也觉得好奇。”

“嗯，也许因为昨天是情人节，我半夜就醒了，我有一种很惬意的感觉，仿佛你的手放在我的老二上。现在回想起来，那本该是我的手。可其实不是——是你的手。”

“谁的手也不是——那是个梦。”

“是的——梦的名字叫‘做我的情人’。当初，我是怎么迷上了你？”

“我觉得是因为你整天待在这间屋里。坐在这间屋里，你缺乏新的体验。”

“我有了你。”

“我和所有别的东西一样。”

“啊，不，你不一样。你可爱。”

“真的？你真这么觉得？其实，我感觉有点虚弱，老了很多。”

“有多久了？”

“我们吗？大概一年半吧。我一般干什么都不超过两年。我是说工作什么的。我其实对你并不了解，你知道吗？嗯，了解一点点。通过读你的书。但了解不多。很难在一间屋子里了解一个人。我们和阁楼里的弗兰克一家①没啥两样。"

"嗯，这就是我们现在的困境。"

"我想，这就是生活。"

"不存在别的生活。"

"给我来点喝的好吗？"

"你快哭了，不是吗？"

"是吗？我觉出自己急需私人空间。自打记事起，我一直希望能一个人睡。不，这么说实在夸张。但当一天结束时，我确实很累，可还有一番情感纷争……不止如此，睡在我身边的人会让我分神。我们家有张大床，但还不够大。这难道不可悲吗？我是说他有那么多出色的品质——我能喝了那杯吗？今天我心绪很乱。我发现自己绝对无法容忍他对我说：'我为你放弃了那么多，真不值得。'这话很伤人。过去几周，这话他对我说了两次。为什么情况好不起来？我们相处得这么好！其实我是爱他的。如果不在他身边，我会很想他。他有很多方面是我喜欢的……无论如何，我不应该再和你这样下去了。"

"为什么不能？"

"唉，我不知道自己想要什么。"

---

① the Frank family，指《安妮日记》作者安妮·弗兰克一家。

"你想要脱离现在的处境。"

"我想要的真是这个？是吗？"

"你觉得去看心理医师有用吗？因为我还是不知道自己想要什么。如果有人对我说：'看，你丈夫不会胡闹，他会对你非常尊重，会顺从你，他会万分迷人，不过你在性生活上感觉不到变化，你感受不到任何性趣，你将要忍受——'"

"你可曾对谁有性趣吗？"

"现在还是以前？"

"现在和以前。"

"我曾经很享受性。"

"那现在呢？你不想和我做爱，对吗？"

"我不想和任何人做爱。一点也不想。我不知道怎么回答你的问题。我觉得总体上我在性爱方面没什么问题。但此刻肯定有问题。我甚至到了一做就疼的阶段。"

"对你去看心理医师这事，答案是肯定的。"

"合适的医生真不好找。"

"你是想偷偷去看，还是明着去看？如果是明着的，你为什么要说这事呢？"

"唯一让我不想明着去的理由是，或许医生会诊断说我不适合当母亲。因为我有精神疾病，所以孩子和父亲待在一块会更好。"

"法庭才不听这个。"

"可我不想出庭——我只想让事情变得不一样。"

"你猜周二我要干吗？我要去见律师。"

"关于离婚的事吗？"

"嗯，不完全是。只是想看看问题在哪儿。等我来这里时，很可能会非常开心。"

"嗯。肯定很好玩。"

"如果你丈夫问起你大腿上怎么会有瘀青，会怎么样？"

"他已经问过了。"

"哦，然后呢？"

"我如实相告。我一直都实话实说。这样永远不会因说谎而让人逮住。"

"你怎么说的？"

"我说：'那是我在诺丁山无电梯大楼的房间里，和一名自由作家热情拥抱的结果。'"

"然后呢？"

"这听起来有点二，我俩都笑了。"

"你维护了自己是个诚实女人的假象。"

"绝对。"

"你在颤抖。病了吗？"

"我是兴奋。"

"我看起来气色很差吗？"

"我来给你倒杯威士忌。"

"一旦开始办离婚手续，我的表现必须无懈可击。可我不打算这么做。"

"那就别这么做。"

"我不知道自己的目的是什么。把这一切告诉一个律师很不容易。让我觉得恼火的是，他也有个律师，年轻迷人的女律师。我差点说他的女律师必须离开，后来我想我们最好别那样开场。

我决定不作任何告白之类。可有些话题你没法避免，比如'你丈夫有过通奸行为吗？'这样的问题。"

"你说了什么？"

"我说他有。好多年了。反正，如果你容忍对方通奸六个月，你就默许了这件事。通奸本身就不再是离婚的理由。他们很好奇，为什么我竟容忍了这种行为。于是我说，别管那个，实情是这样：他已打好如意算盘，这样他可以做自己想做的一切，他的计划可不简单，我要是不能像他那样计划点什么，干脆就放手。女律师对我如此随意很是诧异。但这种事本来就难讨论。你并不真想和他们掰扯这些。"

"但你得说。"

"你知道，以前我住在乡下，没怎么在大城市待过，我感觉很单纯，也想成为单纯的人。但如果你总在挣扎，这种单纯就会消逝。我过去是个很有趣的人。"

"我欣赏你的现在。"

"我们没有任何性生活，这让我感到某种悲哀。我是说，我们过的性生活，不是我真正想要的。"

"你告诉两位律师了？"

"刚才说的话？没有，我才不会。他对性很痴迷，但从我的角度看，就那种表现方式而论，里面没什么东西。"

"你跟我说过。你是在忍受。"

"嗯，连忍受也不再是。我已经决定放弃它。"

"这么说，即使律师不介入，你俩也走到头了。"

"我知道。可那又显得太蠢。可笑的是，奇怪的是，我认为该说点什么，为……"

"禁欲吗?"

"我不会这么说，尽管我认为这也是事实。工作要好得多——我会有更多的想法，感觉更能控制自己。也有更多渠道了解我想关注的那些事情。不像以前那么容易分神。没别的，你就是在性爱上，关门歇业，进入休眠期。我不知道，因为之前没这么干过。对我来说这并不自然。我过去在性事上很自负，因为得心应手。"

"那是曾经。"

"是的。"

"我是个捷克斯洛伐克姑娘，俄罗斯文学毕业生。一九六八年，苏联坦克来了后移居美国。我在美国住了六年，上东区那带，现在回来了。"

　　"欢迎回来。"

　　"六八年，我无药可救地爱上了我的新家。美国什么都新——我得学好多新东西，做事不能慢。我学过表演，可除了为派拉蒙电影公司试穿比基尼，没别的进展。我就进了时尚这行，可干得不怎么开心。现在我想写书，所以来找你。"

　　"很高兴你来，可我没准帮不上忙。"

　　"到了美国，我先在电视制片人手下干，还以替他看小孩为名，住进他在城里的联排住宅。我想，这是在美国嘛。我后来离开那里，在上东区给自个儿找了公寓房。我觉得自己身材出众。他们请我当模特，给我穿绣金丝袍。我低头看他在干什么，看到他粗大的阴茎。他在等：看我会招呼它，还是忙着展示身上那件长袍。我没搭理它，他就招来我的女伴。我很清楚，我得靠自己生活。"

"你是怎么做到的?"

"当时跟我处的那个男的在名人住宅区为我弄了一套房。对面住着漂亮的黑人模特。我看见那个黑帅哥把她的垃圾拎出来。我总是跑着进电梯，站到他俩身边。住在楼里的演员也带我去会他的女友。他跟我俩同时做爱，却只让那个姑娘高潮。我好沮丧。那人到哪儿都得跟我干那个。我的一些女友成了妓女。她们早上回家，钱包里塞满百元大钞。我找了一份内衣模特的工作，他们给我穿上黑色的华伦天奴模特礼服。我留下这套礼服，开始出入皮埃尔酒店和广场酒店的酒吧。心想，男人都是什么样的?他们会喜欢我吗?"

"喜欢了吗?"

"男的简直对我着迷。我开始恨我的身子。我束紧衣服下丰满的胸部，去上发声课和演讲课，就为改掉我的口音。因为我发现口音也对我不利。可米色的肤色没法改变。我开始讨厌钱。我梦到的都是爱。我想我得去找西格蒙德·弗洛伊德大夫。"

"你接受了治疗。"

"没。我成了派对女郎。男的带着我参加娱乐圈聚会、应召女郎聚会、联合国聚会。我成了乘喷气式飞机飞来飞去的名流，飞到阿卡普尔科①，有大把时间随我优雅挥霍。我遇见五十四岁的比利时百万富翁，我俩玩了两年，想咋花钱就咋花钱，哪儿美就去哪儿。你知道这种心态——他和半数女舞伴上床，可总会陪我离开。我也开始这么干，因为我觉得自己是个女人，正赶上女性解放的时代。自我实现对我来说，就是一次蒙特卡洛②之旅，雷吉娜的迪斯科，五个漂亮情人来第五大道的公寓看我，帕克-贝尼特艺廊，高级时装，法式餐厅，等等。我的生活没啥意义，可它终归好过嫁给穷人，在布鲁克林过活，生三个孩子。我觉得哪儿都一样，只有装饰变来变去。账单都是男友来付。我俩开始向往异国的风土人情。看到我的人无一例外念叨起他的飞机，掏出他的钱或信用卡。我迷上了性，就按别人的样，在自个儿身上做实验。曼哈顿能给我的最好东西，我都得到了。我因为情绪出了问题，结果住进医院。"

"住了多久？"

"两个月。我从医院出来，一边过时尚的生活，一边不忘学习。我成了职业公寓装潢师，为成为时装设计师去学校进修，报了法国烹饪课，读完女子学院。我安分守己地工作。就像奇迹常靠自律实现一样，它就发生在我身上。"

"自律……是你故事的快乐结尾?"

"不不不。在蒙特卡洛丽晶酒店的迪斯科舞会上，我遇到了漂亮的陌生人，放纵自己深深爱上了他。他是阿拉伯人。我和他在巴黎锦衣玉食了一年，我上法语课，他娶了我。我随他搬到科威特。这一千零一夜是要付出代价的。我在酒店里到处犯头晕。我砰地摔在地上。他转眼变成冷硬、精明、残暴的人。然后那些巴勒斯坦人强暴了我。他们说，我丈夫是受雇娶我。他们带我到大使馆，叫我签一份二十万美元的合同。他们跟踪我。我跑到捷克斯洛伐克大使馆。他们已经知道一切。我掉进了圈套。他们说:'你去美国，为我们做事。打倒犹太人。'"

"对此我不是很惊讶。"

"他们把我带到警局，当着我的面拷打犯人，直到我吓昏过去。我跑到联合国人权委员会。他们说，我们帮不了你。这是针对美国安全的故意犯罪。"

"我没听明白。"

"他们说，你是很重要的政治见证人。我记得，这么些年我一直是这个社会的局外人，现在甚至连保护我的法律都没有。"

"你想让我帮你什么?"

"求求你，我爱卡夫卡，我读过弗洛伊德。我热爱、崇敬犹太人。我仰慕他们的聪明。我想找个肯读我的书并帮忙推介的人。"

"你的书是关于什么的?"

"历史上还没出过妓女写妓女的书。我要找个帮我出书的人。如果这人是你,我会很高兴的。"

"你认为在英国的犹太人更勤奋？"

"是的。"

"可是在英国，更勤奋并不难。"

"瞎说。真的，你心目中的英国人和我的不一样。"

"全世界最低人均生产率在英国。"

"你说的是产业工人。他们多机灵。他们凭什么要干活？可也有人有所劳才有所得，那些人在工作。"

"而犹太人比那些人还卖力。"

"不。我是说他们比我努力。"

"你有犹太女性朋友？"

"没。当然没特别要好的，不然我不会想不起。我在想有没有不那么熟的。要好的犹太男性朋友（笑）倒是有。"

"你更倾向于哪种?"

"不想讨论这个。"

"可我想知道。你更倾向于哪种?"

"爱抚的话,没割包皮的。顺着捋包皮挺好玩的。"

"那真做的话呢?"

"不能问有教养的英国女士这种问题。"

"真做的话。"

"割过包皮的。"

"为什么?"

"就好像它是完全赤裸的。"

"没有遮掩的。"

"我想是吧。"

"说实在的,我向你发誓这是真的。我二十七岁前就没自慰过。"

"真可怜。"

"闭上眼。"

"好吧。"

"闭上。"

"绑我可不行。"

"亲爱的朋友，谁刚开始玩游戏就说要绑你？"

"书上看到的。"

"哦？"

"作家会写那种书。"

"闭上眼。"

"如果必须的话。"

"看看你的注意力有多集中。描述这间屋子。"

"首先，屋子太小，不够两人在这儿恋爱。"

"我们不能弄间带床的屋子？"

"不，不能。这事我想过。我有些朋友的房间里就带床，可咱俩怎么能有床？总有清洁工、保姆、孩子来来去去——"

"那么，只能在这间没床的屋子将就喽？"

"可是有两扇对着绿草地和正在开花的树的窗户。和房间简朴的功能相匹配，窗户既没百叶帘又没窗帘。这样，花园对面房屋里的人能把一切看个清楚。"

"大多数时候，他们看到的是有个人在打字。有些时候，他们看到那人在读书。本该让他们看更有趣的东西。"

"在一把很舒适的黑皮椅里，坐着个本该回去工作的女子。手腕上绑着橡皮筋，一边烦躁地弄弯并搓捻回形针、一边听女人诉说婚姻不幸的，是坐在办公皮椅上的男子。一张三乘五的写字桌，由一个灰色金属脚踏和一张灰白的福米加塑料贴面构成。尽管他有强迫症，但桌子表面并不像你想象的那么整齐有序，不过他好像知道，哪堆凌乱的纸是没完成的手稿，哪堆是未及回复的信件，哪堆是他从伦敦报纸上剪下的、关于以色列的报道，那是为了向她证明，英国人有反犹情结。打字机和写字桌成直角，是IBM第二代可更正电动打字机。黑色、肃然。配有装十二磅字体的高尔夫球式打字装置。"

"很好。"

"层层书架嵌入写字桌后的墙体。工程还在进行的时候，对英国的劣等工艺就多有抱怨。书：普罗厄的《海涅的犹太喜剧》、汉娜·阿伦特的《作为贱民的犹太人》、梅纳赫姆·贝京的《白夜》等。好多关于犹太人、犹太人写的、为犹太人写的书。一个灰扑扑、破旧的日式纸球灯悬在写字桌上方，那是前一个房客的财产。两盏镀铬的建筑灯，或随便叫什么的灯，每盏照亮一个写字桌。两个汀普莱斯供暖器，白色。商用地毯，钢青色。一块塑料垫子，用作背部锻炼和通奸。堆放在廉价的玻璃面、竹质咖啡桌上，调到三台的罗伯茨收音机旁的各种伦敦文学周刊。一份巴黎版的《先驱论坛报》打开着并翻到了体育版。一个超大的藤编废纸篓里塞满了过期的《先驱论坛报》、废弃的工作表、撕破的手稿稿纸，还有几个装蔬菜杂烩馅烤土豆的硬纸盒子，表明午餐和其他一切同样简朴。吊顶上的石膏花饰是仅有的、骄奢的一笔。"

"就这些?"

"很不幸，是的。现在你闭上眼。"

"好。"

"看看你的注意力有多集中。"

"开始吧。"

"描述一下我。"

"我到处打听，要是胎儿有问题，他们会怎么对付它。我想找个肯把它打掉的医生。我找了几个。我径自去找他们，说:'要是胎儿问题严重，你会怎样处置?'显然，他们不想把一个看起来健康的胎儿打掉，仅仅因为你怕它脑子坏了。脊柱裂或唐氏综合征，或有些明显严重问题的则另当别论。我知道自己在说什么。我找了四个大夫。当时，就在我快生之前，已经有过两个案例，很有趣，也让我特别担心。其中一个是，一个男的确实害死了孩子，法院定他有罪。谋杀罪。引起很大争议。报纸上登得满满的。他被认定是个非常尽责、为人正派的人。他带大过一名残疾儿，所以虽然他弄死了孩子，还是被放过了。但他毕竟干了这事。他未加干预，只是不给孩子足够的营养。可是要把孩子饿死，得费很长时间。如果你是认真的，你就得狠下心。你可以弄死孩子，也可以任其死去。要命的是，问题严重的婴儿往往很强壮，不然他们早就死在子宫里或被打掉了。另一个案例中，一个唐氏宝宝的母亲只得放弃。她设法弄死孩子，没想到有人收养了他。许多怪人愿意抚养残疾儿童。"

"你不愿意。"

"你愿意吗？你连健康的孩子都不想养。我找的第一个大夫为人正派。他说，他认同我的态度，但他不想拿他的职业生涯冒险。于是作罢。有位大夫说，他和我看法一致，让我别担心。把外科用的棉签顺着婴儿的喉咙往下塞，直到他窒息，这不难做到。我说，我觉得这样太过分，总该有更仁慈的方式。这位最好说话、最有能耐的大夫说，当然，即使要做的事很难、会让他痛苦不堪，他也愿意做——唉，我真愁死了。我还发现另外一件事，可以让我振作起来，那就是，如果你是女人，产后六周内犯罪，你基本上连法院都不用去。因为法律有豁免规定，那个期限内乃至产后一年内的女性——嗯，他们认为她脑子不太清醒。所

32

以即使你弄死孩子，想来也能逃脱刑责。你得特别小心，但我确实觉得可以逃避处罚。"

"你话不多。每次我来，你都几乎不说什么。"

"我在听。我倾听。我是个受话器——一个酷爱声音的人。一个对话成瘾者。"

"嗯。你就这么坐着听，很色情。"

"没那么奇怪，真的。"

"是吗?"

"我们的卧室有一台电视，大伙来了，就坐在这张大双人床上看。那是后来这么多毁灭性联盟的开始。为了保护团体，我们把电视搬出卧室。至少有三对男女同时在我们的双人床上看过电视。"

"听起来不错。"

"不，没有多大帮助。"

"上周日你说：'我得回家，不然他会好奇。'你干吗在乎他好不好奇？"

"因为我不得不撒谎，我不喜欢这样。我必须保留一定的真实感，以确保不被识破，这实在让人心烦。乏味。真的。我有许多其他计划要做，不想被迫编造上百个转移注意力的话题。"

"下雪天和你在一起，很暖心。就这么躺着，漫天雪花在树丛间飘舞——真是美妙。"

脱他的衣服。"这是根新皮带。"

他高潮后。柔声问："你好吗？"

"我的宝贝。"

"你在想什么？"

"什么也不想。这不好吗？"

"这很崇高。"

"你真心想过从窗口跳出去吗？"

"嗯，想过。"

"经常想？"

"时时想。"

"因为什么没跳？"

"我并不想死，我想活——更好地活。我想让生活更美好，于是我意识到，我最好在其中多待一阵。"

"家里来了个预防犯罪警官。还有我丈夫。他们把我绊住了。"

"你还好吗？"

"我没事。我能坐下吗？"

"可以。你坐那边，小姐。"

"看到这俩人在家，我惊呆了。"

"我喜欢'预防犯罪警官'。"

"我知道。听着不错吧。可他不是冲着我来的。我家那条街发生了强奸。其实就在隔壁。所以我担心我们家，因为家里窗多。我们的保姆年轻迷人。反正警察来看我。是个很俊的年轻警官，没穿制服来看我。他想聊聊天。"

"什么是'预防犯罪警官'?"

"他要预防犯罪。尤其是预防任何闯进我家的人犯罪。因为我家防范不严。"

"班纳姆侦探行专干这个。"

"我用过他们。他们太不称职，连我自己都能闯入。"

"强奸你自己。"

"我在家有其他事要做。所以来晚了。我给绊住了。"

"那你怎么出来的?"

"嗯，挺不容易的，因为我丈夫期待我下班后待在家，抱着孩子喝茶。"

"你怎么说?"

"我说要出去。"

"他说什么?"

"去哪儿? 我说不告诉你。不过态度很和善。我——就这么走了。来了这儿。"

"经过这么多煎熬才到这里，你觉得恼火。"

"我不恼火。"

"好吧。"

"我不觉得自己是在恼火。"

36

"好，咱俩就来弄个明白。"

"你收到我的信了?"

"收到了。写得真好。我把它撕了。我觉得那么做最恰当。"

"现在五点。是你们基督徒开始喝东西的时间吧?"

"是的。"

"真让人难忘。"

"什么?"

"你头发绑起来的样子。"

"这不适合我。"

"但很合我意。"

"你和你妻子为什么过不好? 有了她还不够?"

"你有了丈夫不也不够?"

"关于他，我对你说过很多。我总想知道你的事。我告诉过你我自己的很多事。我想知道为什么她满足不了你。"

"你问错了问题。"

"怎么问才对?"

"不知道。"

"我为什么在这儿?"

"因为诱惑带我到哪儿,我就跟到哪儿,我这么做,因为我年纪大了。"

"这一切听着像一首流行歌。"

"这就是它们流行的原因。"

"你为什么总想着别伤害她?"

"我为什么要伤害她?"

"我不是说你愿意或应该。可你好像总不能自由行事……"

"什么是自由的? 你?"

"相对自由,比你自由。"

"胡扯。"

"可如果你对一个人在意到想要保护她……我纳闷为什么她的处境这么可怜。"

"你很委婉。"

"我没。"

"那我就不明白了。"

"我曾以为,她能保有你的关注,得到比表面上更多的关注。奇怪的是,她没得到。不过,估计人们也会这么议论我。我是指我丈夫。"

"也许我们该放弃这个话题。"

"为什么？我想知道关于你的事。"

"只让通奸的一方诉说家庭不和，也许更好。如果两人都奔它而去，这事本身就没时间做了。"

"原来，你的不满是没有界限的。除了你对英国和英国特性的不满。"

"对家庭的不满有别于文化失根，前者跟爱上你没有关系。会不会是我背的担子没你重，所以在这点上可说的不多？会不会是我的困境在别处？"

"是文化失根让你陷入通奸——你想说的就是这个？"

"或许是这样。"

"你能说具体点吗？"

"法国人有句比我们更简洁的谚语：'应该和他的词典睡一起。'"

"原来，我们的故事不是爱情故事，真的——它是个文化故事。那是你的兴趣所在。"

"这我一向很感兴趣。"

"难怪你提非犹太女人。你是为了人类学研究才爱上我。"

"有比这更糟的。你知道，还有其他方式探究人类学意义上的不同。有不懈的仇恨。有对外国人的憎恶，暴力，谋杀。有种族灭绝——"

"原来，你就像阿尔贝特·施韦泽①，跨文化交配的产物。"

笑。"没那么神圣。马林诺夫斯基②还差不多。"

---

① Albert Schweitzer（1875—1965），著名学者，人道主义者，1952 年获诺贝尔和平奖。
② Bronislaw Malinowski（1884—1942），英国社会人类学家。

"我当时还是个捷克小姑娘。我来你住的宾馆，你要我上楼到你的房间，帮你搬书。时间是上午十点。他们对我态度粗暴。他们把我当成婊子，然后你大发雷霆。然后我带你走过查理大桥。你教我好多口头用语。我们在你的宾馆里吃晚餐。你对我并不特别上心，因为我来的时候，你正坐着喝东西。我当时大概二十一二岁。我现在大了好多。"

"那个公园，在布拉格之巅我们坐的地方，叫什么名？"

"我不知道。我们没去那儿。一定是另外什么人。"

"不，不是别人。我最在意的是你。"

"有次你打电话邀我参加狂欢聚会。记得吗？我说，我只看。你说，不行，你必须参与。这样，我就没敢去。"

"你什么都没错过。"

"你一直被盯梢。我们去饭店吃饭，那人和我们坐一桌，让我们受不了。美国图书馆的工作对我来说并不是个明智的选择。是我的教授帮我找的活。他几乎像开玩笑一样说，这对我们大家都好，因为那样我们能弄到书，而我们又去不了那儿。我们都以为，我会永远坐在图书馆里，管理图书，顺便读书。头两年，这是份很棒的工作，可后来，它变得困难起来。我得决定是为秘密警察机构工作，还是离开。直到现在，我也不便谈论这事。"

"你是在伦敦。没事的。只管说。"

"我是怎么得到这份工作的呢，我去找文化参赞。他说：'哎呀，我对你感兴趣，因为你学过文学什么的。'他是个很不错的人。原籍捷克。所以我喜欢他，他也喜欢我。可到头来，你得去那个捷克机构，人家可以给你这份活，也可以不给。它组织所有雇员做对外工作，其实是秘密警察的一个分支。我当时不知道。我只是个小傻妞，对这份工作很兴奋。我想，多好啊，我会和各色人等接触，我学的就是这个。我有不少好朋友，人缘不错，可在美国人当中人缘越好，我的麻烦越大。这个机构要求我干两年，然后把我召回。他们对我说：'我们确信你喜欢这个工作，而且在这儿比在其他地方挣钱都多，还有大量外快。'然后，他们吃定你没胆辞职，只能留下来接着为他们干。很难离开，还因为在这之后，没人会雇你当老师。他们先递上一张纸让我签字，说，接下来的谈话内容属国家机密，我如果泄露出去，可能会坐牢。我横竖都可能被投进监狱，因为我告诉过我的闺蜜，告诉过几个人，因为我真的害怕。我被告知，这次谈话基于某某条款，属于国家机密。我如果透露给任何人，包括我的家人，我可能受到指控，刑期长达七年。我问：'你们想让我干什么？'他们说，我签字前，他们不会告诉我。于是我说：'我不能在我不了解的东西上签字。'于是他们说：'要不给你几天时间考虑。'我说：'不，我现在就告诉你。我不能干这个，不想干这个。'于是他们说：'你得另找一份工作。因为在图书馆，你将没有未来。'他们没解雇我，说我得另找一份工作。他们没把我怎样，只是说我没有未来，我最终还得离开。我回到自己的工作，对谁也没说。此外，美国人做了同样的事。告诉我他们对我很感兴趣。同样，我也拒绝了他们。他们没要我签什么字，直接要我为他们工作。我说，不，我不想干这个。这样，到了那时，我的处境变得极其糟糕。两边的人都对我感兴趣，因为我讲多种语言。德语我也会。所以我很可能适合他们。我翻译做得不错。我一直喜欢文学，为捷克报纸译故事。这样，从那以后，两边都不怎么待见我。没过多久，我就离开了。离开后，我被人忘记。幸亏找到一份教书的工作。于是我又干两年——然后结婚。他来到捷克斯洛伐克。他娶了我。当中有段时间，我和一个美国教授相爱。教授对这很认真，但我不被准许去看他——捷克人不让我出去，而他住在多伦多。还有，他在办离婚，不知道该做什么。我对不知道自己想干吗的男人深感失望。于是我嫁给这个傻帽英国佬，他至少知道他要我。那是一九七八年。嫁给他真是傻到了家，因为他是个随和的英国人，平生只爱足球和板球，喜欢去酒吧——有半年时间，我只关注马、狗和酒吧，挺有趣的。我不能怨他，只怨我自己。"

"你嫁给他是为了逃离。"

"我不知道，我在渴望一种温情，一种……直到快要离开捷克斯洛伐克，我都不喜欢他，因为我有一整年没见到他。我用了一年多才出来。整理所有的文件，你知道，手头得有几百份文件，得付学费。等我到了英国，看到我哭，看到我伤心，他很难过，我无法应对。太难了。他开始恨我。按说我该高兴，是他把我救出一个可怕、邪恶的国家。可我并不。我心中悲苦，想念我的所有朋友。有些英国人你很可能从没见过，因为你是跟自己圈子的人打交道——他们是有趣的、受过教育的人。但如果你来到普通人中间，他们或许人都不坏，可你说着另一种语言……你和他们没共同点。我在这里生活，找各种工作，简直是煎熬，然后你还得告诉人家，你刚到英国，没人要你。总之挺难的。我干过各种活儿，替别人打字，在福伊尔书店卖书——第三天就被轰出来，因为经理让人受不了，我跟他顶嘴，英国人不兴顶嘴。于是我被解雇。但我还是我，还是像个捷克人。行行好，我不想对你讲述我的人生故事。在布拉格我就对你讲过。"

"当时讲的和现在不一样。"

"你该给我讲讲你的故事。你的更有意思。"

"不会。你继续。"

"他不是个坏人——但我是直接从捷克斯洛伐克来到了这里，直接从——不管咋说，我一直在那过得不错，活得很轻松，除了秘密警察打搅我的那几次。但他们一点都没伤害我。他们只是问我是否愿意为他们工作，我说不，他们也没怎么难为我。可单是知道他们的存在就让我害怕。我刚认识你时，也头一回见到了他们。我在旅馆见你被发现后，你刚去机场，他们就径直打电话给我，问东问西，都是关于你的问题，我当时怕得要命。我都吓懵了。我的手直发颤。他们问我在旅馆和你干了什么。我是怎么认识你的。我是否和你睡过。你想，我才二十一岁啊。他们把我带到他们的办公室。带到这幢楼。他们突然在我门口出现，出示警徽，随即把我带走。我对他们说：'我认识了他，我跟他说话，我喜欢他，就这些。'他们讯问的时间不长，大概一小时。其中一人看着面恶，另一个倒还客气。你知道，他们有角色分工。那是我的第一次。在捷克斯洛伐克时，你老听人说起他们，但你总也见不到。可那次是我呀，我坐在那儿，不知道他们会拿我怎样。我那时还小，没意识到他们不能太把我怎样。我现在见了他们不害怕，可那时候怕。你知道，我怕是因为我只是去了你的房间，你问我能否帮你搬书。我是谁，他们明明知道——因为他们要了我的身份证，知道我的姓名、住址及一切，很明显，你一离开……我很喜欢你，我不知道，你身上有吸引我的东西，我真的非常喜欢你。起先我并不喜欢，后来你走过查理大桥，我就有点——和一个你读过他书的人走在一起，感觉很美好。一个警察说：'你什么也别掖着，因为我们反正都知道。'我答：'如果你都知道，为什么还问？你知道还问我干吗？'和你有关的问题，他们一概不问。他们感兴趣的，主要是我和你睡了没有。或许他们以为，写出这种书的人准是个色情狂。他们不放过任何人身上的任何小把柄。就因为你，我才会有这么多麻烦——你得请我喝东西。"

"和英国丈夫是怎样了断的？"

"看到广告上说，他们需要会多种语言的导游。我去面试。考官是希腊人，黑眼睛，对人友善。英国人，我当时恨他们，因为他们虽然客客气气，可一旦我开口说话，他们就听出我的外国口音，我就没了机会。我没法证明自己的聪慧，他们根本不在乎。因为他是个希腊人，他说他也不喜欢英国人，他二话不说就录用了我。我可高兴了。想到时隔一年，我终于有事可做，还能挣几个钱，别提有多激动。我告诉他，我已婚，只能少接几个团，因为我不能所有时间都干这个。我回到家，告诉威廉我接受了这份工作。他问："你想好要这份工作了？"我说："想好了。"他说："那你收拾好东西，搬出公寓。"我照办，就这么结了。这事可不好玩，因为是夜里十一点。我流落街头，坐在我的箱子上。一方面我很高兴，因为摆脱了我不想要的东西。但也不怎么有趣，毕竟一个身在伦敦的捷克姑娘夜里十一点坐在自己的箱子上……后来，我打电话给一个捷克闺蜜。她在这里也曾历尽艰辛，但她是一九六八年移民到了英国，当时俄国人侵犯了我们的国家。她不说英语。总之她能理解。她说："噢，你这个电话我已经等了很久了，待那儿别动。"她和她男友来把我接走。留我住了几天。真是算我幸运。然后，我设法见了经理，对他说我无处可去。这样，我在他那儿工作了一季。我白天干活，夜晚在各个旅馆寄宿，每晚睡不同的床。我变得倔强。我本来可以收拾停当回家，重新开始。但我身上有那么一股劲——我经受了这个，买了房，然后和一个我非常爱的人相恋，可他已经结婚。这让我伤心至极。最近刚分手。刚开始很美。他两边都很想要。他有两个孩子。他四十五岁，聪明、有趣、和气，是我们公司的经理之一。挺重要的职位。有大概一年，他一心爱我。可是后来，一切开始错乱，因为他开始害怕。你知道，英国人深爱自己的家——

花园，妻子。他还有孩子。我不想结婚，只想和他在一起。我能感到自己节节败退，他妻子开始说：'我要毁了你俩。'起先他告诉我，他俩差不多是分居。后来情况变糟，真的很糟。我几乎走上歧路。但我终究没出岔子。虽然她越来越担心会失去丈夫和她所有的钱。可我不在乎钱。我要的是他。但可悲的是，我慢慢发现自己是输家。因为我不想争斗。我要他因为爱我而爱我，不是因为我把他骗了进来。她聪明，使出各种伎俩和我作对。她知道我。我甚至看到过她两三次。她径自来找我，为了跟我谈，为了说她要毁了我俩。但我不示弱，因为我不在乎。我反正要啥没啥。我三十二岁。到了这岁数，你会发现……"

"发现什么？你发现了什么？"

"我总想着要和别人大面上一样，担心他们怎么看我。现在我知道，我不一样。我想做我自己。我想要个爱我、我也爱他的人。我不一定嫁给谁，只是想……但这里的人，到处的人，认的是规则。我恨捷克斯洛伐克，就因为它的规则一成不变。你不能呼吸。我不怎么喜欢英国，因为它另有一套规则。小房子啦，小花园啦，规矩一套一套的。你得一生为这东西奋斗。这我可做不到。你知道，那个人对我可算殷勤。他对战争和东欧很感兴趣。他对这方面有很多了解。他不像这里大多数人；那些人是典型的英国人，对外部世界所知甚少。他知道我是怎么回事，好多事我们能说到一块。这太难得了。我觉得像换了个人。我喜欢待在这里。所以我很受伤，因为我又回到那种……呃，现在我又有了距离。我讨厌这距离。因为我受的教育，我更属于自己没钱厕身其间的阶层。因为钱，跟这些人相比，我反而跟自己阶层的人更缺少共同之处。我被放错了地方。毫无疑问。"

"你瘦了。"

"不，你只是习惯了大块头。"

"好吧，我胖了好多。"

"是吗？见到你真好。"

"真希望你能来滑雪。我周二伤了膝盖，伤得很重，在沙发上躺了两天。不过感觉很棒。很平和。驾着雪橇静静地上坡。四周都是雪，所以你不怎么看得清。只听到雪橇的嘶嘶声。"

"有没有新想法？"

"想法？没有。你在斜坡上没办法思考。太可怕，太刺激了。我享受了最没想法的时光。我们的朋友有个二十二岁、满口存在主义的侄子来探望。告诉我们为什么人并不存在，或者存在。有点让人受不了。我们说：'是这样，不好意思，这我们也都读过。放过我们吧。我们不想老是坐这儿受罪——我们要去滑雪了。'

你和我在很多山上滑过雪。"

"我?"

"是的。乘丁字形吊椅。"

"我和那嘶嘶声。"

"没错。"

"说真的,我想吃点午饭。"

"我这儿还有点。"

"有吗?"

"我看看还有什么。家里都还好?"

"都好。平安无事。"

"对婚姻来说,再没有什么比一个秘密的老情人更好的了。"

"你这么认为?"

"你想玩现实转换吗?"

"或许。"

"我妈教我,坐的时候不能张着腿。"

"可你的两腿搁在一个绅士的肩上。"

"这她没教我。估计她想不到我会这么干。"

"这叫杰克·丹尼①。你闻闻。"

"嗯，果然好闻。"

"我给你讲一段令人诧异的经历。在我宝宝身上闻到了那个女人的香水味。讽刺的是，那是我年轻时用的香水。"

"他喜欢。"

"他甚至不知道那是他喜欢这种味道的原因。我厌倦了这款香水，不再用之后，它却开始风靡。满大街都在狂卖。它叫'斐济'。这类东西有一种稀缺价值。要是在所有店里都能闻到，那它就不再这个那个了。可他把它给了我。"

"今天我没心情。我不想被你提醒这点。"

"好的。"

———————

① Jack Daniel's，田纳西州产的一款威士忌。

"你希望我走?"

"当然不。你今天又差点落泪。"

"我是有点想哭,就是。我能吃点东西吗?"

"有草莓、甜瓜,几片面包,还有葡萄酒。还有大麻。"

"我能每样吃一点吗?"

"你母亲在,你难道还得跟他做?你连这个也没法摆脱?"

"没法。我什么都得干。一切。做饭。所有从人的口腔出来进去的东西。有时候就是这种感觉。我得让一切对头、快乐。乐趣无穷。"

"让人开心可不容易。"

"当然不容易。"

"或许你该去站街。"

"唉,我当不好站街女。"

"你会干得风生水起。"

"哦?我凭什么?人们心目中站街女该有的特征,我都不符合。"

"你在说笑吧?"

"我是个女舍监的料,不是吗?"

"我明白——针对需要调教的人。装模作样的口音,淡淡的盯视。"

"是。需要女舍监来教。"

"是。你可以凭这个挣钱。"

"嗯，这钱我爱要。可以想想。"

"假设我快死了，有传记作者翻看我的笔记，发现了你的名字。他问：'你认识他吗？'你会回答吗？"

"得看他有多聪明。如果是个真正严肃的人，是的，我会跟他谈。我会说：'不管他在笔记本里写了什么，你都得让我看，我再定是否跟你谈。'"

"'他喜欢你，这我可以告诉你。你能跟我说说他这个人吗？'"

"你为什么问我？"

"我好奇。'我想理出个头绪，你能帮我。我要是把事搞砸，我损失就大了，他也是，你也是。他喜欢坦诚，你何不帮我把事做好？'"

"要是觉得这个人傻，我就不跟他谈，因为他只会进一步添乱。帮他有什么用？"

"只说好的情形，别管坏的。"

"哦，好，那我跟他谈。"

"你会告诉他什么？"

"'书哪本也不是他写的。是他的一连串情人写的。我写了最后两本半。那些他亲手记下的笔记，也是我的口述。'"

"'小姐，你很甜美、可爱。也许下次一起吃饭的时候，你可以像现在这样再施展魅力。但你没告诉我实情。你和他有过怎样的恋情？'"

"'非常偶然。'"

"'他爱上你了？'"

"'这我不知道。'他真想知道的是，你到底是怎样的人，我认为你到底是怎样的人。这我应付得来。"

"你能吗？"

"能。"

"回答是？"

"唉，一两句话说不清。"

"'你要告诉我他是什么样。'"

"'我不打算告诉你。即使我说了，你写到书里也会走样。'"

"'对你而言，他是什么样？'"

"'他很和善。'"

"'和善？我听到的不是这样。他长什么样儿？'"

"'他高高瘦瘦的，戴着一只廉价手表。'"

"'你当时想和他结婚吗？'"

"这是让我暴露自己的现成的一招。但我就是不说。我一个字也不会说，除非来人是利昂·埃德尔①。"

"一想到你兴许一只手握着自己，另一只手握着电话筒，我就尴尬得要命。你可别这样。"

"和你不会，亲爱的。"

"我很高兴听到你这么说。这也不怎么时兴。"

"有人这么干过。"

"唉，我知道。我知道很多人这么干。打个色情电话。"

"你说过我在这方面做得不错。"

"是的。但我不行，我给你的快感远不如我从你那得到的。"

"你准记得我。"

"是，我在慢慢回想。"

"好，你慢慢想。"

---

① Leon Edel（1907—1997），美国文学评论家、传记作家。

"今天我能为你做什么？"

"我想喝一杯。"

"外面天很好。"

"好吗？我没留意。"

"你看上去兴致不高。"

"周六晚上，我俩出去吃晚饭。我——喜欢跳舞。"

"以前不知道。"

"蹦迪。我真的很会跳。可以说舞技出众。我平时不常爱跳这个，因为我觉得它是一种性暗示。到处释放性暗号，会很混乱。我认为它太过性感——我不知道怎样把握，只好喝醉了再跳。还有，说实话，我从来不爱和我丈夫蹦迪。尽管他身体强健、肌肉发达、姿态优雅，和他的感觉从来不对。虽然我试着掩饰，但他其实一直都明白。我们进了一家夜总会，很乏味、中年的那种。我指非常非常中年。人们干脆带着妓女去。我说这些，是因为，不说就没法理解这个故事。回到故事本身：我们和老朋友们参加了一个晚宴，他们都是些挺低调的左派人士。六十年代后期的遗老，从没真的长大——多数从没结婚生子。我丈夫身旁坐着个年轻貌美的姑娘，有点像我丈夫的女友。总之，他带她去了一个夜总会。晚宴中途开溜，连布丁都还没上呢。他用非常微妙的方式避开了我的陪同。晚宴远没结束，就和一个客人一起溜走！不顾所有人的意愿。"

"让你尴尬了？"

"不，我不是尴尬——我没尴尬的本钱。我倒想尴尬，如果你明白我的意思。"

"我明白。现场有男的帮你吗？"

"有的一副事不关己的模样。我心里五味杂陈，不觉慌乱起来，尽管在某个层面上，这种做派和决断你不能不服。他离席时魅力十足。就是想去跳舞。他烦透了这边的一切。"

"他睡她了吗？"

"未必，但我没问。"

"你自己怎么看这一切？"

"我彻底乱了方寸，心里全不是滋味。他回家后，我俩大吵一架。"

"什么时间？"

"大概三点半。"

"他睡她了。然后呢——他又睡你了？"

"没，当然没。这是他的回答：'你不爱和我跳舞。我不讨你喜欢。别虚伪了。你自己给不了的，别要求我给你。'自然，我俩谈了很久，也很严肃。"

"你很生气？"

"我气急了。可他干吗要跟谁拴在一起，你知道……"

"说到这，你又是为何？"

"我很生他的气。但说真的，我没有发火的资格——这点很糟。我只能说，这很难。这种事该怎么应对？我对他全然没有感情——一点没有。可我怀有的嫉妒心——这算什么？这说明了什么，大夫？"

"亲爱的，这说明你有得选，你有选项，只是对你来说不可接受。"

"是什么？"

"你猜。"

"他总在我最无助时，给我来这一手。我感觉超棒时，他绝对行不逾矩。可一旦我好像快要失去工作，或刚生了孩子——"

"或没有情人。"

"反正诸如此类——可我怎么办？我可以认为自己是摊上好事了；他喜欢什么只管做好了，只要他行为得体——"

"并付清账单。"

"并付清账单。"

"也许你们能达成这项安排。你很善于明确提出条件。"

"我能问问你吗？他们为什么不该出去跳舞？也真的很可能

只是跳舞；即便不是，那又怎样？为何他就不该？这么做错在哪里？"

"你知道的，你被不良行为所魅惑。你觉得那很时髦。"

"请回答我。我在告诉你他说了什么。你就告诉我错在哪里。那是他的立场。"

"你说：'我不知道错在哪里——没准这很牛逼，但不是我想要的。'"

"接下来，我是不是该说：'听着，我不管你有什么需要，我要你待在家。别撇下我去跟陌生女人鬼混'？"

"说得对。"

"'我不在乎你是否沮丧、孤单。你给我在家待着。'"

"不过，大可换个办法。"

"什么办法？"

"办法是向律师咨询，办理离婚，让这狗日的每晚出去跳个够，只是别再羞辱你。"

"每隔一天，我都有这幻想。"

"你这么年轻，不怕离开他。"

"我怎么就这么害怕？不是因为我不想啊。"

"你是真想，所以你害怕。"

"要是我说我也想去——其实我不想去——但我有机会说我

想去。"

"为什么要说？'我也想去。'不好。你是什么？一个多出来的孩子？"

"他倒是劝我们大家都去，可大家都说：'不了，不了。'那姑娘离开时没和我对眼。她对除我之外的所有人说再见。可见她知道这样不对。"

"他又把你降服了。约三四个月前，你脱离了他的控制，但他再次降服了你。"

"事情为什么不能变好？"

"根本不会变好。像一出戏剧。他们也永远不往好处变。你想在中场休息时离开，那就离开，因为根本不会变好。"

"可我不知道自己要什么。"

"我已经跟你说过一百遍。你不想在这浑水里蹚，所以三心二意地和我厮混。"

"真是这样。就像你说的，和你厮混让我感到了自由。"

"只是若即若离。"

"我们初见时，我对你说我想解闷，那是我的动机所在。确实只为解闷。"

"嗯，不管怎样，你已经做到这点，现在到了下一步。这个总是跟在解闷之后。人们管它叫掌握自己的人生。"

"我不妨再去找律师。攻击性越强，越好。"

"我碰巧没处在你丈夫的位置，所以我同意。"

"可他们会想什么招对付我——我说'他们'，是因为不止他一个，是他和他膀大腰圆的妈妈。"

"她从根上就不喜欢你。"

"嗯，不只这样，她还邪恶。她不只是个卑劣的配偶，她本性邪恶。那天她对我说：'你该知道，老一辈是可以对孙儿的抚养权提出诉讼的。'"

"你该给她点颜色看看。"

"我不习惯那种方式。"

"但去找律师，这是你的方式。这和你的逻辑能力、你的务实态度刚好相配。"

"是的，但我怎会这么麻木？"

"你是害怕。"

"我不怕他。"

"不，怕孤单，怕没钱。"

"为什么不该害怕，既然看清了自己的家是怎么回事？我经历过财务危机，已经打上了它的烙印。你还觉得去看心理分析师有用吗？因为我不知道的，就是我要的。"

"你一直这样说。"

"他对性能力异常焦虑，我丈夫。这是个真正的问题。事情之所以变成这样，就是因为他对性能力的痴迷。看看周围我们所有的中产阶层朋友，他们接受了性生活的局限。"

"他不想接受。"

"嗯，我早就接受了。"

"有些人是接受的。"

"他太奇怪。"

"在我听来，他挺典型的。"

"典型的男人吗?"

"不，是他这类男人中的典型。插入，抽出。插入，抽出。在某些方面特殊，但并不奇怪。"

"为什么所有的朋友都还算满足，就我这么悲惨?"

"你怎么知道他们满足？你什么也不知道，除非你看到他们的脚在床上的位置。"

"谢谢你，大夫。"

"我不是你的大夫。我是你的朋友。你的仰慕者。"

"你看，你回来看我，和我聊，正赶在事事不顺的节骨眼。我本该提醒你。"

"我反正还是会来。"

"我周末去看我妈，她好多了。但我坐着时，像被打了麻醉。就像有人给我注射了催老的药物。你知道，击垮你精神的那种。连她也觉得奇怪。我什么都没做。主啊，就为这个女人，我受了这么多苦，面对这么可怕的事，自从我爸死后，经历了年复一年的可怕挣扎。她终于好了很多，我却这么受苦。"

"病人好了，看护却病了。"

"对，就是这样。我记得想过，为了让我和我的姐妹精神正常，就得击垮她的精神，把她抹掉。我记得想过，这是一个家庭共谋。我的姨父姨母也有同感：她必须得走。"

"那种感觉确实可怕。"

"我在这头困难重重，还得应付那头——总是孤军奋战。我不想那样，因为我知道，我丈夫正在伦敦快活，令我痛苦的，一是他不会来，二是有一种体面已经死去，三是他理应给我一般该给的支持。和我妈坐一起时，我觉得自己是在等死。她状态挺好，一切正常，可她把我拖得这么苦。有时候，你的处境恶劣，仿佛人生不再，你只是等着时间被用完。你有过这种感觉吗？"

"当然。"

"和你父亲？"

"不，不是和他。我老爹还活得好好的。对什么都自有一套见解，经常和我的相左。陪他的时候，我常有回到十四岁的冲动。和我父亲坐一起，不是等死，而是时时觉得，我在等待生命开始。今年夏天，我哥的一个孩子打算娶一名波多黎各女子，为这事，他火冒三丈。他不会隐藏自己的感情。他也不屑于隐藏。我哥也火了，打电话给我。我自己开车，从康涅狄格开到新泽西。我一到，我爹就冲我一通抱怨。我听了大概半小时，然后对他说，或许他需要补点历史课。我说：'你父亲在世纪之交有三个选择。第一，他本可以和奶奶留在犹太人聚居区加利西亚。他要是留下，情形会是怎样？对他，对她，对你、我、桑迪、妈妈——对我们大家？好，这是第一，我们大家统统成灰。第二，他本可以去巴勒斯坦。你和桑迪一九四八年会跟阿拉伯人打；即使你俩都没战死，也准会失去一根手指、一条胳膊、一只脚。我会参加一九六七年的'六日战争'，至少会被弹片击中。就说击中头部吧，一只眼从此失明。黎巴嫩的战场也少不了你的两个孙儿。保守起见，不妨假定两人当中死了一个。那是巴勒斯坦。他的第三个选择是来美国。他真来了。在美国，最坏的可能是什么？你的孙子娶个波多黎各女子。你住在波兰，承担做波兰犹太人的后果。或你住在以色列，承担做以色列犹太人的后果。告诉我，你要哪个？告诉我，赫尔姆。''好吧，'他说，'你说得对——你赢了！我闭嘴！'我真高兴。我用智谋胜了他，而且还不放过他，先不。'现在，你知道我要干什么吗?'我说，'我要去布鲁克林跟那姑娘的妈妈谈。我相信，她正双膝跪地，也在哭，手里使劲捻着念珠。我要去布鲁克林，把我这些话也他妈告诉她。'你想在波多黎各住，你女儿妥妥地嫁给一个波多黎各好小伙，但你全家都得住波多黎各。你想在布鲁克林住，最坏的可能是你女儿嫁给一个犹太人，但你能住布鲁克林。你就选吧。'这一问，我爸又来劲了：'怎么可以这样比？你什么意思，"最坏的可能"？那女人想想她女儿嫁给了谁，该乐开花才对。' '是啊，'我说，'差不多和你一样乐开花。'"

"结果怎样？发生了什么?"

"婚礼在圣帕特里克大教堂举行。有一位拉比在场，就为确保教堂方面不至草草走过场。"

"真是小题大做! 他们为什么这样大张旗鼓?"

"你们又为什么试图削弱他们的存在感？在英国，每次我在公共场所，例如酒店、聚会、剧院，只要有人提到'犹太人'三个字，我都注意到声音会低下来。"

"真的吗?"

"你们，包括犹太人，说'犹太人'时，都像多数人在公共场合说'狗屎'那样放低声音。"

"我真觉得，只有你会注意这种事儿。"

"这不等于没这回事。"

"天，你真是你爸的儿子。"

"不然我该是谁的?"

"嗯，就是觉得有些意外，毕竟读过你的书。"

"那就重新读读。"

"为什么在这里，人人都这么恨以色列? 你能向我解释一下吗? 我现在每回出门都要为这争吵。怒气冲天地回到家，整宿睡不着。我阴错阳差，跟地球上最大的两个祸害——以色列和美国——成了盟友。让我们假定以色列是个可怕的国家——"

"我不要。"

"只是假定。不管怎样，有远比以色列更可怕的国家。但在我接触的人当中，几乎无人不恨以色列。"

"我自己也一直不明白。在我看来，这是现代史上最为怪异的现象之一。因为它是左派和偏左派之间的一种信念，不是吗?"

"可为什么?"

"我真不明白。"

"你可曾问过谁?"

"经常问。"

"他们怎么说？因为他们对待阿拉伯人的方式。那是人类历史上最大的罪行。"

"好吧，他们是那么说的。我一个字也不信。我认为，这是人类历史上最离谱的虚伪说教。"

"他们了解阿拉伯人吗？"

"当然不了解。在英国高雅文化里，你可以说这是因为那种对阿拉伯人的外交部式幻想，和阿拉伯的劳伦斯，所有这些，加上大量毫无价值的知识，关于阿拉伯趣味，哪家和酋长有各种关系、谁还在圣诞节收到手表等等。这是英国人喜欢的封建玩意。你知道，我们的男孩和他们的男孩。但那是一种关系建设——实际的对抗来自所谓的英国知识界。"

"依你看，问题的根源是什么？"

"我不认为是反犹主义。"

"哦？"

"主要不是，不是。根子在时髦的左派。他们令人抑郁。我能得出的结论只是：有些人死抱着不切实际的关于人类正义和人权的主张，不肯顺应万物的必然。换言之，如果你是以色列人，你就得按最高道德标准生活，所以你真的什么也不能干，只能像耶稣基督说的，转过来让人打另一半脸。不过，这也是一种自不待言的结果：谁做得最好，或最不坏，谁挨批挨得最狠。这很陈腐，对吗？这些头脑发热的人，专挑最不该受责的东西死命反对。这不真实，对吗？我认为，这跟二十世纪残留的浪漫仇恨有关。但在英国，它不像你想的那么强烈。"

"你认为不强烈。"

"真的不强烈。"

"哦，如果真是那样，那我好受多了。对这个国家，对你。"

笑声。

"我不反犹。我厌恶阿拉伯人。他们在我们家近旁的人行道上拉屎，抬高房价，还有其他等等。犹太人从不这么干。"

"我们从不在人行道上拉屎。抬高房价另当别论。"

"依我看，以色列人的处境非常之难，他们实在也做不了什么，他们本该比实际上狠得多。应予谴责的事件时时发生，其中一些我们有所耳闻。但游戏本就如此。看看发生在北爱尔兰的事。对某个人的折磨，对有很多小孩的某个家庭的炮击——谁也不愿令人反感的事件在政策驱动下发生。他们本应深怀悔恨，但也许并不总是这样。"

"我去市镇上转时，从没听人说北爱尔兰。只听说纳粹以色列和法西斯美国。"

"可我没对你说过这个。但凡明点事理的英国人，会鉴别和判断的人，都不反以色列，也不相信美国是大恶魔。"

"这些人属于右派。"

"我认为总体上偏右。还有中间派。"

"你就是那一类?"

"我什么也不是。政治的事我一概不懂。当然,各种意见我都了解。就跟所有人都不知道所有话题正反两面的观点而必须反复聆听一样。"

"昨晚就有这一幕——有位高人谈论被神圣化的桑地诺民族解放阵线①,用你的话说,'一个劲地谈'。还有关于受美国支持的萨尔瓦多、智利和危地马拉的刑讯室。他说是'你的总统'和'你的税款'在支持。我答,我无意为萨尔瓦多、智利和危地马拉置辩,更别提维护'我的'总统。但既然他在列举野蛮镇压异见的拉美政权,我就奇怪他为何不提古巴。我说这个,是因为它并非受美国支持的政权,而它治下受监禁折磨的人的日子也一样不好过。'古巴是尼加拉瓜的铁杆盟友,'我说,'我甚至想说,这个同盟不曾为古巴和尼加拉瓜人民所质疑,也没遭到两国允许存在的媒体的挑战,而智利和我们之间的同盟却被法西斯美国的反对派政客、记者和学者公开抨击。但姑且把这些差异搁在一边,'我说,'尼加拉瓜和一个监禁、折磨持不同政见者的国家结

———————————

① Sandinista,由尼加拉瓜民族英雄桑地诺领导的反美民族解放运动组织。

盟，比起美国和这类国家结盟，是否同样应受谴责？'"

"然后呢？"

"你觉得呢？'你的总统想炸毁世界！你用什么行动阻止他？你们的黑人呢？你会为你们的黑人做什么？'"

"你在哪里吃的晚饭，在学前幼儿园吗？"

"不不，是在伦敦最高的文学圈里，亲爱的。我边吃甜点边为向广岛和长崎扔核弹的行动辩护。"

"这种当你也上？"

"我为哈利·杜鲁门辩护，驳斥了对他的战争罪行指控，直到半夜一点。"

"为什么？"

"因为在贵国做犹太人和美国人，让我变得争强好斗。我早就忘了这两个身份。之后我搬到英国，开始参加各种时髦的晚宴聚会。"

"'那伙房客在给我找麻烦——他们怕是在吸毒。''你想要我过来?'我问。'不。有个朋友在陪我。安德鲁。应该没事。'她去机场接我。我给她带了件劳拉·阿什莉裙装,香水。她温柔地吻我,为我备了晚餐。然后门自行打开。一个六英尺高的黑人。二百美金的皮鞋。一枚戒指。一串金项链。'这位是安德鲁。''他来干吗?''能让他住那间空屋吗? 他没地方可去。''我不认为他以后可以待在这里。他可以去住三十九美金一晚的汽车旅馆。''可以留他吃晚餐吗?''这是我回来的第一晚,不过可以。'他要是个白人,我会说不行,可你没法当着一个黑人的面说,不,你不能在这儿吃晚饭。后来我发现少了几只避孕套。奥琳娜用不了宫内避孕器,所以我用避孕套。我们要去剧院。'让安德鲁也去好吗?''他能欣赏这个?'我问。'他是个半文盲。'他去了剧院。在剧院里,我注意到她往他那边靠。我分开他俩,把她拽过来。回到家，我改用捷克语。我说：'听着，不能留这个安德鲁在家。'她说：'说捷克语很不礼貌。''他是个房客——去他的。'冲着安德鲁我说：'你明天必须离开。'第二天，他下楼告诉我：'你做过头了。'她说：'我爱他，我要嫁给他。'你想，有个人在你床上干了整整四周！我的奥琳娜生生骗了我！我简直想买支霰弹枪。不是步枪，是霰弹枪。等他一到，对着他的裤裆来一枪。我心脏病轻度发作，胸口痛得厉害，住了一星期医院。我的律师笑说：'你和你妻子共用一个账户？'可我相信她，因为她是个捷克姑娘，不是美国婊子。是那黑鬼干的好事。我不说'黑人'，我说'黑鬼'。这姑娘是在天主教家庭受的教育，她性冷淡。她穿长睡衣和我上床。从没有过高潮。我不算年轻，但也曾非常努力，不幸的是，没取得什么进展。没辙。可他给了她高潮。给奥琳娜吸点什么，然后往里插，这本来不难。奥琳娜有着真正的斯拉夫人的性格。他是个十足的恶棍。蹩脚的骗子。有台价值四千美金的哈苏相机，一辆卡车——也就那样。要啥没啥。只干各种零活儿。不会拼写，写字像小孩。在离市中心三十来英里的汽车旅馆里，这个半文盲黑鬼和那美丽姑娘同居。在一个带淋浴的单间里，在汽车旅馆。黑鬼不工作，靠她的失业救济金过活。她被炒了。她工作效率变低，因为所有女士都加入了她的生活肥皂剧。她一个劲地哭，他们把她扫地出门。她现在的样子没法看。她吃了不少苦。她想和我离婚，因为她说她爱那个男人。你知道女人是怎么回事。忽然间，她渴望变成另一个人。这温婉的捷克淑女急着要离婚！一个冷酷高傲的奥琳娜。好。没事。我再不能吻她那吸过那话儿的嘴。只是她对那黑鬼有太多的爱。他消受不了，特别是不来钱的时候。他头脑简单。他不懂这个。他会离开她。她会回到布拉格，因为她没别处可去。可她是在和苏联，而不是和一个像我这样的、过气的老移民打交道——她永远去不了美国。当局会一直担心她是个间谍。都因为他又长又黑的那话儿！他干她跟你干她不同，你是为了她的故事。他是为干而干。你更感兴趣的是听，不是干。听奥琳娜说话没那么好玩。听她甚至不如干她好玩。"

"我从没干过奥琳娜。"

"你在骗我，朋友。"

"如果是她对你那么说，就是她在骗你。"

"你和她做过四次。在纽约。当时我从布拉格来到纽约，我们仨是那么要好。"

"一次也没做，伊万。"

"别的男人耐心听，那是一种诱惑手段，最终是为了做。男人跟女人说话，一般是为这个——把她们弄上床。你弄她们上床，是为了跟她们说话。别的男人让女人起头讲自己的故事，等到认为她们的心思已经足够集中，就慢慢地把她们蠕动着的嘴按到勃起的那话儿上。奥琳娜对我说起过你。她把这事重复了好几遍。她说：'他为什么偏要问这种烦人的问题？问这么多问题，感情上不合常规。美国人都来这套？'"

"伊万，这都什么呀，打住。你说的这些全是假的。"

"黑鬼靠他的那话儿，犹太人靠他的问题。你是个背信弃义的混蛋，连难民朋友妻子的故事你都不肯错过。她越想讲，你就越想听。这一切，我必须告诉你，让你既难成为朋友，也难成小说大家。"

"所以我的书也一团糟。"

"想装傻只管装，但你知道实情。你涉足生活只为延续交谈。连性也落到了边缘。你不受色欲驱使。你不受任何东西驱使。只有男孩一样的好奇心。只有这份大惊小怪的天真。有这样的人——女人——她们眼中的生活不是物质的，而是需要深情投入。对你来说，越深情越好，最好是，历经创伤后再努力恢复生活，就像奥琳娜刚从布拉格来时那样；最好是，这些情深意切的女人费尽心思想讲却没法儿真正讲出来她们的故事。对你来说，那就是情色艺术，新奇事物。每个女人都是性爱对象，每个性爱对象都是山鲁佐德①。她们找不到通往自己故事的路径，讲自己

————————————

① Scheherazade，《一千零一夜》中苏丹新娘的名字，以夜复一夜给苏丹讲述有趣故事而免于一死。

故事的同时，有一种使生命臻于完满的迫切——这个过程充满悲凉。这当然让人心动。她们的声线，私密交谈的氛围，都足以让你心动。让人心动的未必是故事，而是她们编造故事的冲动。故事不成熟，漏洞百出，仅有潜藏着的才是真实的，你说得对。叙事开始前的生活才是生活。她们总想用话语填充行为本身和对行为的叙述之间的鸿沟，你听过后，匆匆记下来，用你糟糕的小说毁了它。"

"究竟怎么毁？"

"是的，你会指望我帮助完善你的烂艺术，你会想要谈文学，你个杂种，忘了曾经占我老婆的便宜！"

"如果侮辱更有趣的话，你就用这招吧。在你眼里，作为一个作家，我真的做错了什么吗？告诉我。你以前从不这样，你知道我对你的品位有多敬重。我从我俩之间的交谈中获益良多。"

"你非要装傻到底。连这你也要写进你那烂小说。你连汗都没出。或许你本该当个出色的演员，而不是永远不会理解隐性叙事力量的蹩脚小说家。任何东西你都不放过。只赋予女人声音，对你来说永远不够。你不单单是沉湎于她的浪荡。你必须一直把她淹没、扭曲在你主人公愚蠢、虚假的情节中。"

"所以这是我的罪行和堕落——露骨而不是含蓄。明目张胆的美国佬。注意——你千万听好了：我没出汗是因为根本没这回事。我是个差劲的演员。我要是心里有鬼，出汗出得比尼克松都厉害。相信我，要么是你偏执，要么是奥琳娜报复心切，使你误认为我睡过她。说句大实话，是你们把一切编成了俗不可耐的故事。她这样离开你，明显是在要你的命。这很残忍。我知道你已经失去很多。你在这里职业发展不顺——现在又失去了她。但别让你的背叛感波及我。这没道理。我并不想提醒你，可我一直是你的支持者。"

"自从我们第一次见面，你就一直盯着她看。"

"她很美，她年轻，所以我爱看她。可在我的书里，看和干不是一回事。"

"这么说，我的奥琳娜告诉我，你睡过她四回，只是出于报复，要进一步把我逼疯。"

"这事似乎正在发生，是的。"

"你个杂种！你这个说谎成性、娇生惯养的美国杂种！"

"冷静——坐下！你心脏病又快犯了——无缘无故的。"

"不用担心，不用担心，美国小子，我不会往你裤裆里开枪。"

"好，因为没有理由这样做。"

"不，我会把子弹射进你的耳朵里！"

"情况就是这样。我的书中人物祖克曼死了。他的年轻传记作者正和别人吃午饭，边吃边说这本书的开头如何难写。他发现，人们对祖克曼的反应严重缺乏客观。每人给了他不同的故事。传记作者有两种噩梦，他说，一种是每人给你相同的故事，另一种是每人都给你不同的故事。如果每人给你相同的故事，那么传主就把自己变成了神话，他的形象会随之僵化，但你或许能用冰镐去砸它，把它击破。如果每人给你不同的故事，麻烦就大得多。那样，你离一幅多重人格的肖像更近，但它也乱得更离谱。要不这样。你来当传记作者，我来当那个朋友。传记作者依然处在研究已做不少，但甚至不确定是否想往下进行的阶段。我想为这一生平写传吗？这一生平真正的兴趣点是什么？他不想只是重述祖克曼那乏味的纽瓦克故事。吸引他的是'我'的歧义之大、一个作家怎样把自己变成神话，尤其是为什么？是什么开启

79

了这一神话？它们来自哪里，所有这些关于自我的即兴创作？到现在，传记作者已经有点对祖克曼恼火，老想把它推翻。"

"为什么生他的气？"

"因为他那无足轻重、老得借传主的光来确立自己的感觉。他开始跟祖克曼作对并憎恨他，因为已经背上对他的这份责任。我们都需要某种写作模式——这个传记作者需要的，似乎要么是敌意，要么是敬畏，于是他在两者间来回摇摆。实际上，他为艰难地蹚过所有的童年记忆而感动。你回来有三十五年了，作者却没有任何自我意识作防守。他不为任何受众而写。那是受众介入前的作者。你在他的通信中看到一个有点令人厌恶的作者雏形，试着在一两个人身上下笔，私下里试用某种声音去捕获更大一群受众。所有的虚假手段。声音中的虚假比任何东西都更感动你。你看到作者越来越爱要手段，越来越狡猾、奸诈和阴损。这位传记作者——就是你——他已经写过 E. I. 罗诺夫的传记。他本不想写祖克曼传，但由于祖克曼只活到四十四岁，他觉得两年就能搞定。罗诺夫差点把他逼疯。罗诺夫毁了一切，他花了五年才写出一百八十五页。罗诺夫身边的人没有给他提供任何东西。祖克曼突然死去，所以没机会销毁任何东西。这本讲罗诺夫的书最终变成一部批判性传记，《两个世界之间：E. I. 罗诺夫的人生》。关于祖克曼的书有个试探性标题：《关于自我的即兴创作》；刚开始，他以为这书好写。人们对他说：'你为什么在一个小作家身上白费力气？'可他知道，这本书会让他挣大钱。有很多人对祖克曼感到好奇。尤其是他的男女之事。人们都爱八卦。它会成为每月图书俱乐部的推荐书目，在《名利场》杂志上优先连载。他的妻子也认为，他该挑个主要作家来写，可他对她说：'咱俩想有个孩子，想要大点儿的公寓。我两年就能写完祖克曼。买套大点儿的合作公寓，得有十万块。别的作家，写谁我也挣不来这么多快钱。他只活到四十四岁，总共才写四本书，针对这些作品的文学批评又不那么难。这是梦寐以求的传记对象——作家本人死得早，和许多女人有过风流艳史，激怒了公众舆论，有一堆招之即来的受众，挣了好多钱。他还是个严肃作家，写的书有看头，何况用自传体写，对我来说轻而易举。这是每个传记作者都想写的传记，因为只是在作传。我浪费了他妈的五年写E. I. 罗诺夫，到头来赶出本关于他的批评性传记，谁也不去读它：它得了个不知所谓的破奖。''可十年后，'老婆说，'连祖克曼的书也没人读了。''说得对，'他说，'那时他们只读我的了。'"

"你希望我做什么？"

"玩现实转换。"

"非玩不可吗？我差点想，我宁可去睡女人。"

"行行好，我卡住了。帮我一把。"

81

"哦，好吧。"

"你当传记作者。你被困住了。你脑海里正充斥着各种印象和信息，不知该往哪去。你一直都在跟风，只想随大流，你感到严重失衡。这就是你约我来吃午饭的原因。"

"你来当谁？"

"我当我自己。"

"怎么当——？"

"别问怎么当。我会操心怎么当。"

"你真想写这样一本书？因为我觉得，你和祖克曼在同一个叙事文本里，总不大好——"

"谁知道呢？写完了看吧。假设这样——咱俩一起吃饭。我对你说：'可是弗雷德，比尔，乔，随你叫什么，反正你本人见到了祖克曼。就从那儿开始。在创作罗诺夫传记的过程中，你大约见了他五次。'"

"'三次。我做了笔记的。那时我喜欢他，但他让我有压迫感。'"

"好。'什么样的压迫感？'"

"'不知怎地，他让我觉得自己像个认真的研究生。我骨子里并不认真，但我确实表现出了认真。'"

"'可他认真了。'"

"'没错，但我猜，我的认真激发了他残忍的一面。'"

"太好了。我爱你。"

"才不是——你爱刚才我说的。"

"'他对你谈起罗诺夫了吗？'"

"'谈了。他很坦诚。他把他的信件给了我。我不知道他是否给了我所有的信——很可能不是。现在我要弄明白。按他的想象，我遇到了种种困难。'"

"'例如？'"

"'写这个绝少出头露面的人。他给了我一些关于写作的好建议。他对写作的理解很透彻。'"

"你在说谁？"

"你猜。"

"'他怎么说？'"

"'呃，写那本书时，我简直疯了一样。你能想象吗？整整五年。霍普·罗诺夫和他的子女不愿跟我谈。不愿见我。他和别人的每一次交往都被他们压下不表，仿佛这个谁也看人不眼、其高蹈刻板的原则使他丧失了欲望和常人生活之乐的饥饿艺术家，曾有过一段像让·热内①那样需要人宽恕的历史。要不是把我的生

———————————

① Jean Genet（1910—1986），法国小说家和剧作家。

活搞得一团糟，他们的从中作梗本来还是挺逗的。他们为他用于自我约束的百般顾忌、几乎扼杀了他艺术的洁身自好立下丰碑。对人的矛盾和享乐冲动的胆怯被伪装成"审慎"。害怕被剥去神圣外衣，畏惧耻辱。仿佛纯洁才是作家的本质核心。愿上天佑护这样的作家！好像乔伊斯没有下流地闻过诺拉的内裤，斯维德里盖洛夫从不曾在陀思妥耶夫斯基的灵魂中悄语。怪念是作家的本质核心。探索，固恋，孤立，怨恨，盲目崇拜，苦行，轻浮，迷惘，幼稚，等等。鼻子凑到内裤缝间——那才是作家的本性。不洁。可是这些罗诺夫们——在他妈所有东西当中，偏偏对节制、对尊严看得死重。仿佛这人不是个美国小说家，而是一位圣座大使！……'暂时就说这么多，行了吗？"

"绝对不行。不！你正编得起劲。你激情四射。你光焰照人！接着说，说下去。"

"可这不会是我的立场，当然不是。我会站在罗诺夫家一边。我碰巧笃信隐私不可妄探。"

"谁管那个？简直完美。继续。"

"'罗诺夫还自行销毁了那么多东西。罗诺夫很有家长作风——我得把对付我爸的那套拿来对付他。我妻子不信这个。她老是跟我说："得了，只管把它打出来，交稿了事。你这是怎么了？"我把其中一章拿给祖克曼看。我真觉得不自在，因为我不喜欢让别人看乱糟糟、没写完的东西。读完后他说："该有的大致都齐了。但这里有两件事你必须去做。你不能立刻就做。你得延后若干时日。"'"

"'哪两件事？'"

"'他说："你得写，你还得思考。"'"

"'这帮到你了吗？你之前不知道？'"

"'帮到了。最有帮助的东西是最显而易见的东西。靠别人用特定的口吻说出。他相当于把我带回现实。钻研罗诺夫时间久了，会有一种高高在上的感觉。这种悄然滋生的虔诚让我受不了。祖克曼着实了不起，因为年轻的时候，他有过相同的感受。他还觉得这很滑稽。他准许我僭越。他是个了不起的批准人。我无意把罗诺夫批得体无完肤。但我必须感到，我不是个一心向学的研究生，无须在罗诺夫的问题上假装高尚，非得敬着他什么的。祖克曼告诉我，他二十出头拜访罗诺夫时，罗诺夫对他说："你没有你看起来那样善良。"祖克曼对我说："我要把这句话重复给你。"那是他所能对我说的、最具解放意义的话。'"

"'怎么说？'"

"'它把我从我的种种忌惮中解放出来。'"

"噢，亲爱的——你说这话时，为什么表情这么悲伤？"

"因为你无所忌惮，我知道我掉进了什么坑。"

"我没有忌惮，但我疯狂地爱你。"

"只在我玩现实转换时，你才爱我。"

"你很棒。你该来当作者，你知道。"

"不，根本不行。做不到。"

"为什么不行？"

"不够坏。不够咄咄逼人。不够冷酷无情。不够任性多变、恶毒、幼稚等等。我有忌惮。"

"但或许你也不像看上去的那么善良。"

"恐怕我就是。这实在荒唐。我是英国人。我比外表看上去更善良。"

"我周日有个小小的奇遇。我正和以色列朋友阿哈朗·埃佩尔菲尔德和他儿子伊查克在切尔西散着步。我们刚从圣伦纳德街过来，正往国王路方向走。我们靠左走，两名男子从右侧迎面走来，一个三十几岁，一个四十出头。两人中产白领的外表，穿着得体的毛衣和宽松长裤出来散步。等到离我们不远时，他们走到我们这一侧，我注意到，穿绿色毛衣的那个嘟囔出声，或大声重复着什么，始终怒视着我们。我弄不清他在说什么——他有点像在跟自己说话——可他一边经过我们往前走，一边还在说，我回过头看他们时，他们也刚巧回头看我们，而他还在没完没了。我听不清他的话，但我觉出了不对劲。我大声问他：'你有事吗?'他起先只是怒目回视。然后，他用手指指自己的衣服，大声回答：'你连衣服都穿不对！'他把我说糊涂了。我的套头毛衣碰巧是深棕色，他的是绿色，除此我们的穿着几乎完全一样。诚然，我留着胡子，胡子不大整洁，需要修剪。可见，他所看到的，你明白吧，是个留胡子、戴眼镜、肤色偏深、衣着和他本人几乎相同的男子，正对一个个子不高、身穿运动夹克和运动衬衫的秃头中年男子和深色头发的十八岁小伙儿高谈阔论，父子俩听着笑着；我们仨在这夏末一个明丽的周日下午，沿着切尔西安静、文明的街道散步，仿佛这地方属于我们。他回答：'你连衣服都穿不对。'说完站在那儿向我怒目而视。后来我弄明白他是什么意思。我简直想杀了他。要是我手里有枪，我会让他一枪毙命。倒不是为自己而愤怒，而是为和我一同散步的这位朋友，他妈妈被纳粹杀害，而他本人小时候也曾待过集中营。我心想：'不行，不能就这么算了。'我往他跟前走了几步，用尽量标准的美式口音说：'你咋不去操你自己?'他回看我一两秒后，扭身气呼呼地离去。实不相瞒，要是真打起来，我就全指着阿哈朗的儿子伊查克了，小伙子身高力壮，每天早晨练俯卧撑。但结果是那个英国人并不想打架。他只是愤怒。只因看到我在切尔西安静、文明的街道上走，就令他恼火。愤怒从他的步态和表情，从他的每一口呼吸中流露出来。这事令我狂躁不安，并稍觉困惑。我不明白，他说我的衣着不对是什么意思。阿哈朗也不明白，伊查克只觉得好笑。这孩子出生在以色列，从未亲历过排犹事件。对这个来自耶路撒冷的孩子来说，那个人只是显得滑稽可笑。但我是从纽瓦克来，我反复琢磨这件糟心事，后来想明白了：之所以我的衣服跟他的像不对，恰恰是因为我的衣服跟他的像。以我的胡子、长相和手势，我本该穿犹太长袍，戴毡帽。我本该裹着犹太教男子晨祷时的长方形披巾。我绝不该穿和他一样的衣服。然后，那天下午阿哈朗坐火车回牛津，他要跟伊查克住一阵子，当晚我们请了几个人来吃饭，我把这事讲给他们听。我还沉浸在那个场景里，又认为那人关于我衣着的那句话起先竟显得深不可测，这还蛮有趣的。其实，在伦敦街头遭遇个排犹分子并不那么令人吃惊——哪儿都可能遇到这类事。令我惊讶的是，晚宴上的每位客人都认为，我并未遇到什么排犹分子。他们都觉得我很逗，认定我像往常一样，大大误读了他那种言行的意思。他们宽慰我，说那就是个怪人、疯子——用个英文委婉词，那叫'失常'——他就是个有点失常的人，这件事完全没有涵义。不过呢，它倒是再次证明了我在这一问题上的偏执。我问：'是什么激发了他的"失常"？我怎么就让他失常了？'可他们都再次笑我疯了。我跟

88

你说，我身在这群聪明、体面的人当中，听他们喋喋不休地否认一个无可抵赖的事实，一种我在任何国家都未体会过的、强烈的疏离感袭上心头。我想起刚来英国的第一年，有天晚上我在看电视，上面正在放广告，宣传雪茄或小雪茄什么的。片中出现了费金出演的狄更斯话剧的末尾，一个硕大鹰钩鼻、蓬乱的油污白发一样不少的费金。幕布落下，费金鞠躬退场——然后，演员回到自己的化妆室，坐到镜子前，摘下鹰钩鼻和难看的假发，用冷霜卸妆，把自己恢复到正常样子。在那妆容底下，请注意看，是一个金发、俊朗、属于上流社会的英国演员，尽管已届中年，看起来却很年轻。演出完了要放松一下，于是他点上一支小雪茄，满足地抽了起来，聊着它的口感和香味等等。然后，他谙熟地俯身对着镜头，突然用浓重的、费金式的意第绪口音，暗示性地一瞥后说道：'而且最棒的是，它们便宜。'好吧，以我的个性，我被这话惊住了。我当时刚好一个人在家，突然有冲动，想问几个关于这个地方的问题，我正试着在这里安稳地过活，于是给一位老友打电话；他是个英籍犹太人，住在汉普斯特德。我问：'你知道我刚在电视上看到了什么？'可等我说完，他也笑了起来。'别担心，'他对我说，'你会习惯的。'"

"你确实是怒不可遏，是不是？"

"当然，因为我对这类侮辱区别对待，我就成了行为不当的一方，这样的暗示让我恼火。'嗨，为什么你们犹太人对做犹太人这么大惊小怪？'可大惊小怪的难道是我们？你也那么认为吗，亲爱的？"

"我可不敢。"

"你问我英国人对犹太人有恶感的原因——这些是你用的词。我认为那其实是一种势利。告诉你我为什么这么想——因为对跻身贵族或中上阶层的犹太人，没人抱有恶感。"

"但犹太人对犹太人也是势利的。"

"对，但我只是在尝试向你解释。人们把对某类犹太人的看法，我认为——这话不一定对——加到了所有犹太人身上。那类犹太人没成那样，没有成为英国文化的一部分，要知道他们来英国好几百年了，像瓦利·科恩家族就很有钱——"

"可见还是钱。"

"那是贵族的通例。没有钱，你就进不了上流社会。"

"只要成功进入上流社会，就能免招某些令人反感的污名。"

"我在告诉你一个有趣的现象，可你却表现出憎恶。"

"不，我没有。我听着呢。"

"他们不只是有钱。这些家族，比如萨缪尔斯家族，还有某种程度上的西弗斯、赛立曼和蒙特费沃斯家族，还有许多别的家族；他们不只能被接受，而且就处在英国文化的中心：他们拥有土地，他们统率各个板球队，他们养猎狐犬，他们跻身上议院——你知道，所有这一切，不逊于任何人的那种生活方式。人们对犹太人的某些做派没好感，是因为他们的低端市场兜售行为。你可能觉得这真蠢到了家，但我确信，如果我表达得更好、更巧妙——"

"你谈的是种族行为。跟这里扯不上边。可伦敦的意大利人呢，意大利人，希腊人——他们的低端市场行为也会招致厌恶？"

"不会。因为意大利人和希腊人在英国社会中，其他方面并不出众。毫无疑问，犹太人取得的成就和他们的人数不成比例，所以惹人注目。"

"那也招人厌恶吗？"

"不，这本身并不。但这会使人不安。"

"可见就犹太人而言，说到底，市场行为高端化，不比低端化更有帮助。除非他有一千万英镑，统率一支板球队，不然他表现出的任何社会行为几乎都会招致极度敏感。让人觉得'不安'。"

"嗯，不是。我不认为是那样。人们对他们的感觉并非如此。如果你去了解一下某些领域，比如由一群犹太贵族老板操控的艺术交易领域——可是很明显，跟你谈这个话题有危险。我每说一个字，你的憎恨就添一分，所以我还是不说了吧。"

"请你向本法庭解释，你为何仇恨女性？"

"可我不恨她们。"

"如若不恨，为何在你书中中伤并诋毁她们？为何在你的作品及生活中谩骂她们？"

"我不曾谩骂她们，不论在作品还是在生活中。"

"我们业已听取专家证人的作证，他们引用精确的论据支持其每一个判断。而你却试图告诉本庭，这些代表严格专业水准的权威人士，其当庭宣誓下的作证或是有误，或为谎言，是不是？请问，先生——你可曾做过有益于女性的事？"

"敢问，你为何把对一名女子的描述视为对所有女性的描述？你为何以为，你的那伙专家证人自己不会遭到另一伙专家证人的质疑？为何——？"

"你违反了法庭秩序！你不能质问本庭，只能回答本庭的问题。你被控的罪名包括性别歧视、敌视女性、对女性施暴、毁谤女性和横加引诱，都是足以判你极刑的罪。像你这样的人，一旦定罪，将不会得到善待且此举理由正当。你与多数男性一样，令女性遭受苦难和极度的屈辱——幸亏有像本庭这样的司法机构孜孜不倦的工作，才使她们有望从这屈辱中解脱。你为何要出版令女性痛苦的书籍？你不认为那些书会被我们的敌人用来打击我们？"

"我只能这样回答：你们自诩的平权民主，其宗旨和目标与我写作的宗旨和目标不同。"

"劳驾，本庭不想再听你讨论文学。你作品中的女性都是邪恶的刻板形象。那就是你写作的宗旨？"

"但很多人并不这样解读。"

"你为何把波特诺伊夫人写成歇斯底里之人？为何把露西·纳尔逊写成一名精神变态者？为何把莫琳·塔诺波尔写成说谎者和骗子？这不是对女性的污损和诽谤？为何把女性写成悍妇，这不正是为了诽谤她们？"

"莎士比亚又是为何？依你之见，世上每个女子都该得到称颂。"

"你竟敢自比莎士比亚？"

"我只是在——"

"下一步，你该把自己比作玛格丽特·阿特伍德和艾丽斯·沃克了。我们来看看你的背景。你曾是一名大学教授。"

"我是。"

"作为一名大学教授，你和自己的女学生保持性交往。"

"那也是羞辱女性吗？"

"难道不是吗？她们因被挑中而感到荣幸，是不是？你多少次强行引诱学生与你这个代行父母之责的教授通奸？"

"没有必要施加压力。"

"那完全是因为，在那种关系中，你暗自拥有影响和控制的权力。"

"当然存在施暴的可能——这种可能哪里都有。从另一方面来说，当你认定聪慧的年轻女性缺乏吸引异性的勇气——没有侵略性，没有想象，不敢示爱或犯险，你就是给自己的男性身份制造不利。要想懂得在青春和成熟之间那暴烈的情色诱惑怎样自然生发，要想了解禁忌之下的感情怎样涌动，你最好去读法国作家柯莱特笔下的情色场景。"

"反革命酒色之徒柯莱特！纵情享乐的逆贼柯莱特！你用这种方式凌虐、压榨了多少学生？"

"三个。多年来，我和三名女子有过——"

"你先是自以为是地给我们上文学课。现在我们还要听一堂爱情课？听你讲？先生，你侮辱嘲讽可要有个分寸。本庭或能容忍这等行为，但我警告你，本庭必须遵守的法律细节，愤怒观看庭审的广大电视观众并不受其约束。你曾是个通奸者，不是吗？"

"我现在也是。"

"和朋友之妻?"

"有时候。更多时候是和陌生人的妻子,例如你。"

"和谁一起时,这种背叛最是一种变态的享受?背叛谁,让你得到最大的施虐快感?是自己的老婆被你无情勾走的朋友,还是自己的老婆被你无情勾走的陌生人?"

"噢,你真是个优秀姑娘!你真是聪明!你真是貌美!"

"法官大人,我请求本庭告知这名男子,我不是一个'姑娘'!"

"公诉人,你过来,请你——"

"法官大人,我恳求你,被告明目张胆——"

"想问问你这位专家的意见,关于这个——这个——"

"救我,救我,他在压榨我,他侮辱我,他中伤我,他奇怪地露出那话儿想要——"

"你这可人的、出色的、可爱的——"

"他在诽谤我,法官——在这堂堂法庭!"

"不不,这是爱爱,宝贝——我在这堂堂法庭上干你。"

"法官大人,电视——这是低级色情!"

"我母亲是个伶俐、狐媚的女人，不管做什么，总能把自己打理好。每次结婚都嫁有钱人。也许她想让我步她后尘。我没陷进那个模式，所以有负她的期望。事情就这么简单。移民的生活环境十分鄙陋，来自那个环境的犹太姑娘通常很机灵，我妈就是其中的一个。就像她说的，她总是小心谨慎，在涉及钱时。她做了几桩大买卖。她先在英国定居，结果是个灾难。她和英国人完全合不来。例如，她的餐桌礼仪很差，没教养。她嫁给了一个很有钱的英籍犹太人。那段婚姻持续了大约五年。起先也是恩爱夫妻，但婚姻很快解体。她的夫家人极力反对他娶个犹太穷姑娘。"

　　"你父亲。她在哪里认识的他？"

　　"他结过五次婚，每次都娶阔小姐。我母亲是个例外。他总是娶只知逆来顺受的淑女。他自己很会花钱。他不爱工作。从家里继承了一笔财富。他父亲是个十分苛刻的上层白人律师，曾经每天问他：'你活着都做了些什么?'他离开圣路易斯，排拒他父亲所代表的一切，来到东部。实话跟你说，我对他并不怎么了解。他消失时我差不多才一岁。但我知道，他是个非常、非常精明的人。那段婚姻听上去似乎完全无爱，整件事都是这样。两人只按对方有多少钱来互相考量。我继父像是我祖父，死时快九十岁了。他亲切和善，可那不是父亲，不是真正的。"

"他怎么样?"

"他和发妻还没离婚，就遇到了个实为高级娼妓的女人。她假装在中央公园马背上和他偶遇。他一直为此后悔。他说：'要不是当时在那该死的马上，哪会往里搭那么多钱。'还有万般伤心。她拼命追他。她比他小很多，她说：'我不想总当你的情人，你得娶我。'他妻子提出重新接纳他。她说：'伯纳德，我带你回家。'但他拒绝了，表示心意已决。在蜜月游轮上，她把他留在特等客舱，径自溜进其他男人的房间。每个来给孩子上课的家教都成了她的情人。这真是奇耻大辱，他是个老派的绅士，是耶鲁毕业、受人敬重的外科医师。他还从没遇到过这种事，根本招架不住。她还企图趁他睡觉害死他——给他下药，用枕头捂他的脸。她是个罪犯。"

"发生了什么?"

"她现在住疯人院。"

"他怎样摆脱她的?"

"离婚。报上全登了。房子的全景照。大丑闻。可怕。贝德福德人一直没忘这事。他们一直怀疑我母亲。这位斯文、聪明的男子怎么又找了个低俗自私的女人?他们认定她是个替代品,是她的又一个副本。但他不知道该怎么对付这种人。她来自阿克伦,是他的第一个毁灭者,忧郁、邋遢、狂躁。他怎么也没法对付她。"

"你怎么没告诉过我?"

"我想忘记有个为钱而疯的母亲。我想忘记失散的父亲。我不愿像宿舍里的女大学生那样,喋喋不休地谈论自己的家庭。我不屑那样。我想孜孜不倦地谈论《沃尔松之血》《米夏埃尔·科尔哈斯》《在深谷中》。"

"你现在怎样?还好吗?研修班里最活跃的那个姑娘后来命运如何?"

"我似乎不太能和人交流,情况就是这样。"

"你?"

"对我来说很可怕,但我似乎想不起过去。我真的只是隐约记得你。我做了电疗,就更不记得了。那是我在第一个医院做了八次治疗之后。治疗很愉快。他们给你注射硫喷妥钠后,你就没了知觉，什么都不知道。醒来后，你会觉得头脑昏沉。后来，他们停用了这种药，因为它真的作用不大。一周两次。我并不害怕。我以为那就是答案。我在等待某种能量的回归。这反倒令人害怕。我感觉不到它。我努力回忆事情，但我只能想起一部分。有时它会回来，但它令人害怕。你不知道正在发生什么。一切都难参透。我多么想和人交谈，但我似乎无法做到。当我对人说话时，却沮丧地发现无法跟任何人交谈或回答任何人的问题，或使用任何东西。我得花费巨大的努力——比如像现在，和你在一起。可我不知道怎样融入。只要和人在一起，我就浑身不自在。我想大多数时候，和人相处让我感觉很糟。不好意思，菲利普，你有烟灰缸吗？"

"你服药吗？"

"因为我的重度抑郁，他们让我同时服用两种药。他们说，这样服药没问题，过去这两种药从不相互冲突。可结果是，我起了剧烈的不良反应。我变得极度偏执。我只得住进医院。我快要疯了，真的不正常了。他们把我叫去作检查时，我就以为要带我到刑讯室。我至今敢向上天发誓，有谁进了我的房间，他们拿着一份文件，他们说：'这份文件说，是你把你妈打死的，请在上面签字。'我突然发作。'怎么能叫我在这种文件上签字——你们怎么敢！'当然喽，他们对我说这一切并未发生。我向上天起誓这发生过，我真的相信。医生说他们从没见过这种反应。当时是九月份。我现在用的是抗精神病药，以防止偏执行为。我没吃他们要我吃的那么多，但我用的剂量并不小。我是说，我减到了一定的量，有时身在人群之中，我还是感到害怕。"

"但什么让你成了这样？怎么会是这样？我认识你时你还好好的。心智坚定，看着非常精明，是个高冷的孩子，穿着不合流俗的黑色外衣，显得品位十足。很有哈姆雷特的气质。还有一种美好的不完美，比如学生特有的苍白、有缺口的牙和疲倦的眼神。难道这一切，此刻在你听来，成了对你精神负担的描述？"

"那是十年前你对我说的。你第一次带我去第三大道的那家餐厅。莫阿尔餐厅。"

"我记得那次吃饭，但不记得我们说了什么。"

"你祝我好运。你说，我需要好运。"

"为什么？"

"因为有些人可能会觉得我不可抗拒，我很狂野放荡，你这样的话，我甚至都没听到过。这话我记得。"

"我当时自己也不很平静。"

"我当时不可能知道这点。你是我的老师。"

"所以我很不平静。你当时已经小露锋芒，头发蓬乱地悄然溜进课堂，然后定下了关于卡夫卡的法则。我记得那些得'优'

的学生读了卡夫卡的《致父亲的信》，都解释说，《变形记》和《审判》源自作者与他父亲的关系。'不，'你疲惫地说，'恰好相反。他对与父亲关系的定义取自《变形记》和《审判》。'先以此挑战他们，然后给他们重重一击。'当一个称职的小说家到了三十六岁，他不再把经历演绎成寓言——他会把自己的寓言加诸经历。'十九岁的孩子很少能说出这样的话，至少我不曾听闻。你在那门课上表现优雅。你那时就已与众不同。"

"我那时就疯了吗?"

"不不。没疯，绝对没疯。别把寓言强加给你的经历。当然喽，你精神紧绷，可在我看来，你出奇地保持了平衡。"

"或许你也疯了。"

"或许没疯。你第一次来上课，就写了一个小纸条：'我每晚所祈祷的，唯有成为一名好作家。'"

"小妖精是这么折腾的吗?"

"年轻嘛——折腾又怎样? 你那时还小。但那张小纸条代表了你：坦率而直白。再跟我说说发生了什么。对你有什么影响? 告诉我你经受的电击治疗和那些病院。我自己弄不明白。"

"特别、特别地老套——被生活欺骗。我致命地爱上了花心男人，被他们催眠，然后就疯了。"

"这是谴责吗?"

"你若觉得是谴责，它就是。不，你带给我的是新鲜——新鲜到我仿佛被我自己催眠了。周末，我穿着棉绒睡衣，身上裹着被子，畏缩在贝德福德我的卧室里，我五岁起一直穿的舞鞋就在衣柜里，然后周一下午，转眼来到一家什么希尔顿酒店的不知哪个楼层，进到一间不知所谓的房间，躺到一张莫名其妙的床上，完全的自我放纵。气氛那么亲密，我的头直晕。酒店里唯一让我感到熟悉的，是我们的肉体。我想你可以管这个叫基本训练。它是有些吓人。我一连好几个月失眠。当你说'爱'的一刻，我像得了可怕的胃炎。可那挺让人兴奋。一个有着父爱的倾听者。一个幻灭的人和一个无邪的人纠缠在一起——教育意义无处不在。住希尔顿的人起码不会杀人。"

"你迷上了冷血杀手。"

"是的，基本上是性交易商。性欲旺盛的暴徒。无法抵挡他们。不知道怎么和他们调情。不知道该怎么对付他们。这点我们没研究讨论过。对那些想要我而我不想要他们的家伙来说，我相当于猫薄荷。令我抓狂的是，总有人在可劲追我，打我电话，跟在我后面，发出令我应接不暇的邀约；你知道，几乎把我淹没。与此同时，真正的爱人却不在场，要么兴趣寥寥，早已离去，要么变着法儿和我玩游戏，我有点发疯。事情就这样发生了。开始倒没什么，可错误一犯再犯，我好像无法自拔。那是我的报应。

整件事儿就是这样。"

"你有过不受伤害的恋情吗——愉快的那种?"

"也算有过。"

"结果怎样?"

"让我厌倦。"

"我胖多了。"

"有点。但还不至于像个胖妇人。"

"我以前比这更胖。现在开始变瘦。"

"你是在抗议什么，是吗？"

"我不再担心什么。我不再焦虑了。"

"自从我消失之后。"

"这我不敢确定。但以前胖不起来，肯定是因为过度焦虑。"

"你丈夫对这一变化的接受度如何——他喜欢你丰满吗？我喜欢你以前的样子，瘦削且敏感。"

"嗯，情况好多了，不知会持续多久。你离去后，权力天平发生转换，开始向我倾斜。这一切既漫长又痛苦。我感觉很糟，直到三周前，他慢慢开始对我好多了。别问为什么。别的不说，但我不能在厌倦中度过余生。我陷入恐慌，结果开始和一位不错的律师约会。在我看来，我总在投入各种排练。非常累人。你无从知道这是否只是个枯燥的模式，只是婚姻中时时经历的小小不幸，还是通往深渊的路，你从历史中研究的那种。历史从来都是多灾多难，研究历史的时候，你告别一个灾难，期待下一个灾难，你知道通往灾难的路，你掌握那些日期和概念，然后通过考试。生活的麻烦是，你无法确知这是不是个下行过程。生活的困境在于，你根本不知道发生了什么事。"

"'你怎么知道这些事？你以前没来过这里。你凭什么认为你知道这些事？'我说：'你胡扯什么？我思考这些事足有二十年。自从我会思考，我就一直在琢磨这些事。凭什么我不该知道？还有，我是来讨论的。我为什么不该对它有自己的看法？'他们说，哦，那好啊，可我为什么不该紧张一年？——他们的言下之意是，你没事瞎害怕。我说：'我是紧张。我不想暴露在众目之下。'他们回答：'好吧，这是我们生你气的又一原因。'"

"这个'我们'指什么？——他们投票了吗？"

"没有，那会很可笑。但情况明摆着。他们是个小家庭，我是新来的姑娘。他们不那么想接纳一个新成员。"

"完全明着来吗？"

"嗯。简单粗暴。我怒了，他们中有人说了句蠢到家的话。'我可以对威尔弗雷德友爱。要是我能懂他的脆弱，我可以学会爱他，可我弄不懂他的脆弱，所以我没法爱他。'我说：'你是在暗示，或者假设，如果你看清一个人的脆弱，你会根据事实本身爱他?'——我没用'根据事实本身'这个词——她说：'嗯，好吧。那你为什么想知道?'我说：'嗯，我只是好奇这里的假设是什么。因为我言说自己的困难盖出于此。因为我不知道你们都怎么想，所想的一切怎样运行，等等。'这时，有位格外明理的心理医生插嘴表示支持我，他们就又生我气了。她问：'但这有什么不对?'我说：'看，往最坏处说，这种掩盖了某些假设的语言，就是一种心理呓语。''你指责我们的话是心理呓语，废话连篇?'"

"他们有多少人?"

"八到十个。按说都是专业人士。这令我恼怒。我去过六到七次，不想再去了。对我来说，这作为有价值的题材已经值了——我喜欢听他们谈论自己。但因为我太聪明，他们不待见我。在这一个来月里，这群人给了我最大的充实。其中一个甚至是个小说家。嗯，一心想当的那种。是个女的。我跟她学到的最多。她最有趣，也最不喜欢我。她表达清晰，言语优美。听她说话真是有趣，但她不能忍受别人说得也好。这当然很蠢，因为她说得好的方式与我的截然不同。还有个叫威尔弗雷德的律师，他在节日大厅工作；还有个佩戴许多昂贵珠宝、挎着 LV 包的女人，这意味着——"

"她什么也不懂。"

"是的。还有呢，他们中至少有两位正在接受心理治疗师培训。"

"那你第一次去一定很紧张。"

"我一点也不紧张。"

"当你跨进房间时，大家都在那儿，而你说：'大家好！我是新来的姑娘。'"

"不不，我是第一个到的。他们一个个都姗姗来迟。真讨厌，就像参加家宴迟到一样讨厌。他们盯着地板看好长时间，什么话也不说。考虑到这种治疗价格不菲，沉默实在可恶。不知他们对自己的沉默作何感想。他们中的好多个为了能来，还做了各种牺牲。"

"那么，你首次发言说了什么？"

"我想不起来了，但大概是个用心良苦的、有分寸的问题。我总能料到他们最终会说什么，但我想最好别表现出来，所以故意像个辩护律师那样提些引导性问题。显然，有人觉得她在生活中从不被人注意，所以一切都不公平又可怕。于是我说：'你是家中的独子吗？'这些问题按说不算冒犯，这样能把话题引到你是否习惯于分散注意力上。可他们简直没救，什么都讨论不起来。我觉得，我心目中的任何真实疑问，他们都解答不了。他们没有解答的能耐。"

"可他们要对付的，本来就是你，不是你的问题，是吧？"

"想必是。谁知道呢？我以为我会因此懂得为什么现实中的工作关系各种不顺，为什么我讨厌我的工作，让一群蠢货支配我。组里有人指责我自作聪明。这正是我的一个问题。我也想听听更多对这点的评议，尽管听了之后会受伤。"

"但你就是个聪明姑娘呀。因为你聪明，我才喜欢你。这有什么错？那都是些什么人？我去揍他们个鼻青脸肿。"

"他们当然会嫉恨，因为我居然比他们聪明，这他妈的该如何是好？你知道我的结论是什么？"

"是什么？"

"我的结论是，我应该表现得更极端。"

"我刚看了我女儿参演的圣诞剧。圣诞剧是关于耶稣诞生的戏剧。"

"关于耶稣诞生？"

"是的。"

"什么时候演的？我很可能没注意。上周我有几天没看报。"

"嗯，其实是很久以前了。他们作了很多解读。你要是也去看了，那该多好。很好玩的。真的好玩。是在客厅里演的。有豪华的钢琴和大理石壁炉。我女儿太逗了。她简直是个小开心果。她是个王后，和国王没两样。按吩咐她得呈上礼物。有一天我们说起这事。我问：'有什么礼物？'她答：'嗯，有金子、操操香①和没药。'"

"你纠正她了吗？"

"没。我只是说：'你献什么礼？'她说：'献金子。'我心想：'还好，她不用提那词儿。'恐怕我很快就忍不住回到彰显基督教得胜主义那一幕中去了。"

"我今年又要过一次生日。"

"不是又要。"

"是又要。躲不过的。一九八四减去一九三三，答案明摆着——五十一。"

---

① fuckincense，系小孩子对乳香（frankincense）的误读。

"你大可不去管它。何必这么往心里去?"

"你不也经常抱怨自己三十四了吗?"

"我知道我为什么往心里去。我是问你为什么也这样?"

"因为生活将很快结束。这就是原因。我将会死去。"

"私通最不公平的一点是,你把情人和配偶相比时,从不把情人放到乏味的生活窘境中看待,为买菜吵架,烤糊面包,或忘记打电话说个什么事,或压迫谁或被谁压迫。所有这些,我认为,被刻意排除在婚外情之外。这我是从细小的、几可忽略的经验中总结出来的。我觉得就是这样。不然的话,婚外情也让人不得放松。除非你喜欢两边儿都不得安宁,而且能切换自如。"

"是的,和情人在一起,日常生活会消退。爱玛·包法利病症。女人第一次激情冲动时,每个情人都是罗道夫。这情人让她对自己喊叫道:'我有情人了! 我有情人了!'用福楼拜的话说,是'一种恒久的引诱'。"

"我的枕边手册,那本书。"

"你最喜欢哪部分?"

"当然是残忍的部分,当她最终跑去找罗道夫要钱,恳求给她三千法郎救急时,他却说:'亲爱的女士,我没钱。'"

"每晚临睡前，你该稍微大声地读给你女儿听。福楼拜是教姑娘们跟男人打交道的最佳向导。"

"'亲爱的女士，我没钱。'这话说得棒。"

"我过去常对我的学生说，用不着有三个男人，你就能把她所经历的经历一遍。一个通常就够了，他先是罗道夫，然后是莱昂，最后是夏尔·包法利。最开始是沉醉和激情。感官享乐之罪。受他奴役。被他裹挟。在他城堡里那露骨的一幕，用他自己的梳子为你梳头等等之后。和一切动作堪称优雅的完美男人之间的不可承受之爱。之后，随着时光流逝，想象中的情人消磨成日常的情人，务实的情人——成了莱昂，终归是土鳖一个。现实渐成主宰。"

"什么是土鳖？"

"乡巴佬。小地方人。够温情，够招人喜欢，但并非在一切方面都超越群伦、遍知天下事的勇者。傻傻的。有瑕疵。有点呆。热忱依旧，魅力时现，但说真的，骨子里就是个小打杂的。然后，不管结婚与否——尽管结婚会加速进展——原先的罗道夫和之后的莱昂，渐渐变成了包法利。他体重增加，用舌头清理牙齿，喝汤时发出咕咚咕咚的声响。他笨拙，无知，粗鄙，甚至他的后背都能让人观之生厌。开始还只是让你烦躁，但最终会把你逼疯。将你从乏味生活中救出的王子，成了一手造就这乏味生活的粗汉。无聊，无聊，无聊。然后灾难来临。不知怎地，不管他做什么事，他都做成一团糟。就像可怜的夏尔治疗他的患者希波吕忒。他相当于是试图移除拇囊肿，却让人生了坏疽。那个曾经完美的男子成了可鄙的失败者。你可以杀了他。现实战胜了理想。"

"你觉得，你对我来说是什么？"

"此刻吗？我猜是在罗道夫和莱昂之间徘徊。正往下滑。不是吗？正滑向包法利。"

"是的，"大笑，"基本上说对了。"

"是的，在欲望和幻灭之间徘徊，极速坠向死亡。"

"我生平从没见过这么彻底的、针对施虐受虐的挖掘。相比之下，培根的画像看起来就像是对敌人施暴。"

"真夸张。"

"可确实有些人，你并不真想对其施暴——你只想把他们的脸当颜料抹擦。"

"你比我更狠。"

"为什么所有这些斯拉夫人都来见你？"

"捷克人不是斯拉夫人。"

"好吧，为什么你要见所有这些捷克人和斯拉夫人？"

"他们为什么来见我，和我为什么见他们，是两个不同的问题。"

"你为什么见他们？"

"我喜欢他们。"

"甚于喜欢英国人？"

"你会不喜欢吗？"

"为什么？因为他们苦难深重？你就这么挚爱苦难？"

"我对这有兴趣。不是人人都感兴趣吗？"

"才不是。多数人只想把视线移开。"

"嗯，我是逆恐型人格，我要盯着看。流离失所的人有事要告诉你。有时你甚至能帮他们一把。"

"对被害者的怜悯——是因为你是犹太人吗？"

"是吗？很多犹太人毫不关心。我不觉得自己作为犹太人是受害者，这你知道。事实刚好相反。"

"可事实就是如此——你是出生在本世纪却奇迹般逃离恐怖的极少数犹太人之一，安然无恙地生活在惊人的富足和安全之中。所以，那些没逃脱的人，不管是不是犹太人，都令你着迷。"

"你对他们不着迷?"

"我好奇,但不会格外费力去养成好奇心。我永远不会想到去其中哪个国家度假。可对你来说,在一个人人遭受压迫、处境悲惨的国度待上两周也很值得。你怎会爱上这个?"

"是偶然。那时,我刚写完一本书,出去旅行。那是在一九七一年。我们从维也纳开车来到布拉格。在那儿溜达了半小时后,我想:'这里有我要的东西。'那里有我的一个出版商,是他出了我的第一本书。我第二天上午来到出版社,作了自我介绍,十点时社长和他的员工就用梅子白兰地款待我。然后我和一位编辑用午餐。饭间他对我说,社长很卑鄙。我慢慢理解了他的意思。写了上千个故事之后,我单独去那里度几周春假,却在街上被警察围堵。多年来,我已习惯每年春天到处被警察盯梢,尤其是我去看望作家朋友的时候,但那些便衣都还客气,只是远远盯着我。这一次——七五年——两名穿制服的警察径直走上前来,命我出示证件。我给他们看了护照、签证和旅馆房卡,但他们说这还不够,我必须得跟他们去警局。我开始叫喊,一会儿用英语,一会儿用中学时学的法语,说我要见美国驻该国大使。我离有轨电车站只有几步远,遂向候车的人群呼救,说我无端被警察骚扰,请求被带往美国使馆。同时,其中一名警察沿街走向盯我梢的、穿蓝雨衣的那个便衣,两人商量了一阵后,穿制服的警察回到我跟前，说我必须去警局——他用的是捷克语，但我还是猜出了大概。我仍然拒不跟从，继续叫喊。这情形持续了约十五分钟。每次我说不，警察都回到便衣那里征求指示，然后回来，坚持要我去警局。车站旁有一对德国年轻夫妇凑过来围观。他们用英语向我问话。我说：'你俩能在这里待到事情解决吗？'我告诉他俩我的姓名，住在哪家旅馆，并嘱托他们，如果我被拖走，请他们给美国大使打电话。最终，两名警察气急败坏地走到路口，和便衣商谈。这时，一辆电车开到车站停下。我心想：'干吗等着被捕？'我跳上车，车驶离车站。那时，我已惊出一身冷汗，心怦怦直跳。过了两站，我跳下车，跑过一座桥，上了一辆开往相反方向的车。我坐到天知道什么地方，看到一个电话亭，连忙下车。我给一个捷克朋友打电话，告诉他所发生的事。他大笑。他说：'他们只是想骚扰你，只想吓唬你。'他叫我放心，只要我回旅馆，就不会再有事——于是我回到旅馆，果然没事。不过，我再没得到过入境捷克斯洛伐克的签证。我离开布拉格的当晚，他们抓了我的朋友，就是我打电话的那个，把他带离住宅，在警局审了整整一夜。他后来写信告诉我，他们只想问关于我和我每年来访的事。他们不住地问：'他为什么老来捷克斯洛伐克？'他回答：'你们没读过他的书吗？读多了你们就知道。他来捷克斯洛伐克是为了这里的姑娘。'"

"是这回事吗?"

"不是。我去捷克斯洛伐克是为了荒唐可笑的事情。来英国才是为了姑娘。"

"我最近老见的朋友们——我记得在牛津时的你,她们说,你那时穿透明衬衣,不戴胸罩。"

"这么说,你是个前外向型女子。"

"就是! 一点没错。那时,大家都不认同我,因为我把头发染成红色,而且露胸。"

"嗯,我很久没在这里看到你露胸了。"

"这不假。可我不再和她们做朋友了。"

"你觉得我高估你了吗?"

"没觉得。"

"你觉得我估准了。"

"嗯,我聪明。我没有知识分子的那种做派,但我还是聪明。"

"既然你这么聪明,那你觉得,我该写什么呢?"

"别写我。"

"你是来上课的。"

"没错。"

"你做作业了吗?"

"说不准。"

"那好。那个事彻底放一放,我们先专注于此。"

"我希望你今天别叫我任何名字。我是无名氏。"

"叫'无人'怎样?"

"不好,听着太确定。"

"如果给哪个人物起名叫'无人',真不知它会把你置于何地。有个角色就叫'无人'。"

"我觉得,你需要比这更多的想法,才能开始写书。"

"我刚开始写时,有这么多想法就不错了。'无人'去希思罗机场。'无人'登机。'无人'去哪里?"

"'无人'去法国。为什么'无人'去法国?"

"因为'无人'喜欢法国。"

"然后，'无人'遇到'某人'。另一个人物是'某人'。'无人'和'某人'成为情人。"

"然后呢?"

"让我给你倒杯酒。"

"我喜欢喝一杯。我满脑子想的是两样东西。"

"是什么?"

"你和深蓝色的大海。"

"你脸色很好。你看上去不同往常。"

笑。"你总是这么跟我说。"

"你什么时候回去工作?"

"我想我应该在下午的某个时候回去工作吧。"

"这是一周来发生在我身上的最美好的事情之一。"

"我也喜欢。"

"他不理解我为什么不工作。但他决心把我往好里想并喜欢我。因为他是个好人。那天，我打算一整天不工作——其实我是要来你这里。我打算可耻地放纵一天。我对他说：'我要离开一整天，不去办公室，只为自我提升。'他显得很不安。你知道，他是要我向他撒个圆得过去的谎。你能想象这个人吗？外表俊秀，是个基督徒。他是个非常正派的人，总是一副要妥协、讲和的样子。他知道我的表现一塌糊涂。"

"你表现得一团糟吗？"

"嗯，在某种意义上。我今天很生气。大约十二点半之后就什么事也没做。有些事是该我做的。我的意思是，他们雇我做某些事，按普通标准付钱给我。你会想找一份工作吗？其实感觉还挺好的，天天能见到那些人，听他们说有趣的事。他们通常很逗。比起这个，你也许会更享受。"

"真的很烦人——没完没了、要求不断的电话，愚蠢的家务事，还有乏味的同事。只要你表现出一点脆弱，他们就让你有得受。"

"你看上去很累。"

"我知道。可我能做什么?"

"我不知道,亲爱的。赶快逃吧。"

"这烟里有东西。"

"是的。"

"有人塞给我一瓶威士忌。"

"嗯嗯,我也是。"

"你在轻轻地摇晃。"

"我在轻轻地下沉。"

"在我眼前轻晃。"

"你今天非常正式。"

"我心情很糟。我这会儿正难受。"

"哦,至少你看起来还不错。"

"是吗?"

"是的。你的斗志还在。"

"斗志说来就来,说没就没。"

"有斗志时,你看起来就不错。"

"很怪，那种你渐渐失去它的感觉，很异样。"

"失去什么？斗志还是形象？"

"都失去。我认为两者完全相通。"

"你不能失去斗志。"

"我认为，这种斗志并非不完全受人控制。"

"或许你觉得这没什么，可我十几岁时还真做过些了不起的事。我作为妈妈的好女儿做的最后一件事，是十六岁就拿到了牛津和剑桥的奖学金。多数人到十八岁都还拿不到。而且是英语专业的名额，那是最难的，因为有成千上万申请者同时在争。不管怎样，凭的就是聪明。或者说，不管在什么情况下，我都会表现出自己的优秀。实际上，我喜欢这样。我喜欢那些考试——我能做所有那些事，我也能做好。我至今感到纳闷。怎么现在却变难了？"

"为什么这么看？"

"我想，大概是婚姻生活的大部分都坏透了的缘故。现在我只能维持单引擎的工作量级，没办法像别人一样同时开动四五个引擎。不管是多小的事情，比如把一件略有难度和耗时几小时的事情干好，都会令我产生畏难情绪。这真的让我很受打击，尤其是我想到自己十六岁时的青春活力。"

"你为什么不过来吻我一下?"

"我不想。我感觉很糟。我太缺乏交流的欲望。受够了这个新找的精神病大夫。这套东西应该不适合我。说真的,我觉得他们都很可怕。他们好像都挺'性致盎然'——"

"性致盎然?"

"哦,是女生们用的俚语。我觉得他们对那啥有一种变态的兴趣和乐趣——这就是我想说的意思。我不想再去那里了。去了我会特别不快。"

"你见了他多少次,约十次?"

"差不多。"

"什么时候停下的?"

"其实就今天。我打电话取消了见面。我必须要么去见他,要么写信告诉他不想去。"

"但为什么?他做了什么引导让你不喜欢?还是你就觉得他蠢?"

"他说的任何话,我早就想到过一百万、一千万遍。哪句也不新鲜。"

"对我俩这样欺骗你丈夫，他怎么看？"

"我从没跟他提过你。"

"从没提过？那么，关于最近这四年，他所得的信息不完整？"

"你转移了我主要的生活关注点。"

"哦？当初我的出现是为了让你分心，结果事与愿违。因为我成了一种诱惑：最初是幻想对象，后来是种种可能的保障，直到最终的幻灭。"

"你是这么看你自己的？"

"在你生活中，是的。我认为，你的心路历程就是这样。"

"为什么？"

"为什么你的心路历程是这样，还是为什么我这么认为？"

"随便。其实都一样。你只能告诉我你的想法；所以，不管你说的是客观真理还是你的主观想法，这都一样。"

"但一切确实在你身上发生。我看到你，我观察你。我看到你的脸色，感觉到了你的颤抖。你颤抖着来到这里，还记得吗？不管因为什么，你可以躲开那个精神病大夫，但一切确实发生过。"

"他不是那种你有什么只管对他诉说的人。"

"这么说来，他干这行就对了。"

"他很讨厌。我愿意告诉清洁女工的事，比愿意告诉他的多。"

"亲爱的，你看起来好像还算开心。"

"我好多了。"

"你最近怎样？你好像有点不开心。"

"遇到了讨厌的家伙。他们总能让你糟心。他们中的许多人真讨人厌。那些讨人厌的都是年轻男人，很年轻，都有一个专长——其中不少是公立学校的学生——对付女人很有一套，特别是那些没有明确拒绝的女人，他们会展开激烈的攻势。"

"对你也是。"

"他们也许会。但我先退出。我来了这里。我又出现在此。"

"我真有那么一股勇气，原以为我没有的，因为我一连两夜都没过好。从天黑吵到天亮。"

"还在吵？这又何苦。"

"因为我俩都不能接受我们认识到的东西。尽管有时，我俩似乎正走向新的生活，而且好像真是这样，因为他已经说了要搬出去。我说那倒不错。然后他说，还是不太想搬，所以……我的意思是，那种实际讨论跟互相指责有些许不同。可还是演变成了吵架。可我不能搬出去。因为我还得耗费所有时间争得法院的禁制令，让他给不管我找到的什么住处付租金。理论上，我可以这样要求，但实际上我不会。你也明白，只要我俩还在争斗，他就会认为，只要他妥善应对，就能守住一切，他的女友，过气的老婆……唉，各种含混不清，让人绝望。"

"那咱们换一个话题。"

"太感谢了。赶紧换。"

"你知道，许多事我都听你的。"

"听得过多。这是为什么？"

"怎么了？"

"我在想，我仍旧爱你。"

"真的？即便如此？"

"即便如此。"

"只因为找不到另一份工作，而婚姻给了你物质保障，你就将就着不离，这有损你的尊严。"

"没谁会因物质保障而失了身份。"

"你就会。"

"如果婚姻明显已经完了，为什么不抽身？我不再能理解。"

"我不想。"

"你知道，你还有尊严。"

"没有收入就不存在尊严。"

"你这话很妙但不正确。反过来说才对。"

"我有张支票给你。"

"你太好了。真的。可我不能要。"

"为什么不拿去兑换成现金？存进银行。藏在办公室。只是别存到你们的共用账户。"

"我俩没有共用账户。他没那么傻。你对我真好。我能把它裱起来吗?"

"不行。也别放错地方。"

"可以夹在我的《圣经》里吗?"

"不行。你可以存进银行,以备不时之需。"

"你真是太好了。"

"扔之前你干吗不再想想? 你拿它怎样都行——只是别放错地方。"

把支票放下。"非常感谢你。"

"你要是能收下就最好了。"

"要么你是一个让我备受良心责备的秘密,让我在一场由我提出必须诚实的重要争论中欺骗别人。或者,如果事情真的恶化的话,我希望我能够如实地说我在很长一段时间里并没有与你产生任何瓜葛。最后,如果我最终靠自己过活,我理应在情感上更自由,跟和你在一起时相比。"

"好的。我会想你。我会很想。"

"我也会经常想到你。"

"你我成了这样,真是可惜。"

"你知道马韦尔的那首诗吗?"

"哪首?"

"'我的爱诞生于对不可能的渴望（desire）① '这首。"

"应该是'绝望'（despair）——'诞生于绝望'。"

"现在是。过去也是。两者兼有。"

---

① 原诗为 it was begotten by despair upon impossibility（我的爱诞生于对不可能的绝望）。

"你还好吗？"

"我还好。我今天得进去一趟。"

"我想也是。你知道什么？有新情况吗？"

"没有。上午我得做个造影扫描。好沉重的一天。"

"这样啊。造影扫描会告诉你什么？"

"能活多久。不是——如果造影扫描显示有肿瘤，就准是坏消息，药物没起作用；如果没查出什么，我还得做手术看是怎么回事。他们下周一向我宣读结果。所以……我不知该说什么。我感觉倒还好。你怎么样？"

"我没事。那么——这个周末真够折腾的。"

"本该是受难节①发生的事，不过，我想那天是在加载各种征兆吧。"

"没错，这不是好的文学。甚至不是好的生活。"

"不知道。每次落到这地步，我都会从某处汲取力量。像疏干沼泽。我不知道从哪里得到这力量。或许该是疏干的对立面。是什么呢？造一片沼泽？"

"你能写东西吗？"

"不能多写。这些没完没了的沉重故事压垮了叙事。"

"这些没完没了的故事，你写下来了吗？"

"没，没写下来。我不是像机器一样，从一个句子运转到下一个句子。不是，我一直在练瑜伽，学习长寿饮食法，尝试及时行乐。你知道，这种不确定状态令人仓皇无措。"

"你的后援部队怎样？"

"很强大。连我父亲也从他住的不知哪里给我打来电话。"

"这么说，后援部队不算强大。"

"不。真的很强。我的前任们都对我很好。看，就冲我爸打来的电话，得这癌症也值。不过，你要是也能搭把手，那就更好。你还会来美国吗？"

"一个月内，我要去纽约。到的那天，我就去看你。"

"好。在那边过得怎样？你在伦敦一切都好？"

"跟咱俩在第八十一街当罪犯时差不太多。"

---

① Good Friday，复活节前一个星期五，纪念耶稣受难。

"还在写作，是吗?"

"是的。"

"我以为你会放弃写作，运气好的话。"

"没有。白天一整天对着房间里的打字机，晚上参加社交和文化活动。对我来说，这一切都很难懂，很英国。今晚我要参加一个文化活动。昨晚我出席了一个社交活动。"

"社交活动又名聚餐。"

"是的。聚餐的麻烦在于，我成了其他男宾之妻的邻座。"

"当然麻烦了。"

"你知道其他男人的妻子是什么样的?"

"她们很无趣。"

"在你也是别人的妻子的时候，你就比她们有趣。"

"都有谁去?"

"太无趣了。"

"我的书在哪儿?"

"什么书?"

"里面有我的那部。我喜欢那部。"

"亲爱的，你得做点有趣的事让我好放进去。"

"我在做。我也许就要死了。"

"这你哪知道。"

"周一就知道。"

"我周一打电话，打听一下结果。你的结果——行吗？哎，你能从某个地方获得力量的。我得赶紧打住，不然会制造出更多的陈词滥调。"

"对，是不是陈词滥调，我一听就知道。"

"我也是。再见。"

"再见。"

"你好。"

歌唱般的语调。"喂，你好。"

"怎么了？"

"嗯——奇迹发生了。真的，奇迹。"

"跟我说说。"

"是奇迹。造影扫描显示，没有任何病变迹象。也就是说，过去三个月，这个本来说是高度恶性、只有百分之三十到百分之五十带病存活率、一旦病变能让我不出一年就咽气的肿瘤，似乎对药物的反应很快，大有起色。大夫很高兴，他好像认为，预后现在变了。所以，这他妈的让人松了口气。"

"可不是嘛。"

"奇怪，非常奇怪，因为简直神速。一点痕迹都没。六月份还得被开膛破肚，看看造影扫描的显示是否和试管检测结果一致，可是——你知道，癌症会复发，但吃了这些药就不会。最坏结果也无非是，为保小命我终生服药。可他们甚至不这样想。他们认为，我应该完成这个疗程，然后期待它不复发。不复发的案例并不少见。我感觉所有人都特别惊讶。只要比较一下我的造影扫描和随便哪个人的，就可以得出我不再患癌症的结论。真不可思议，是吧？"

"真好。你干得不错。"

"我干得不错。"

"你觉得，你天生带有抗癌基因？"

"才不呢。"

"这个叫作州长的赦免①。"

"确实。"

"可谁是州长？"

"不知道。但很明显，我这阵子得继续讨好他。这并不是说，这是个已成过去的噩梦。只能说，消除了很大一部分压力。"

"这个造影扫描，扫描的是全身吗？"

---

① Governor's Parden，美国州长有赦免死刑犯的权力。

"不是。从胯部扫到心脏。大夫说，如果别处有肿瘤，这里会有所显示，在癌肿原发部位，会有液体或阴影。这叫这类癌的喜好路径。这你知道吧？"

"它写在了你的诊疗记录里，我的记录里可没有。"

"嗯，下一个扩散部位是肝脏。它不会进入大脑。"

"癌的喜好路径。"

"没错。就是这么叫的。但我想，我会等的。"

"这是个大喜事。我打电话时，不知道会听到什么消息。这消息让人喜出望外。"

"不过也足足折腾了一天。我叫他们别告诉我，可实际上，技师冲出屋子，告诉陪我的人，已经彻底消失，什么也没留下，情况好得没话说。我听了好一阵紧张。"

"嗯，是的——虽然摊上这事，你的性格一点没变。"

"我很高兴，没有陷入严重抑郁。我想我本性中有丑恶的一面，会让我因听到这个消息而哭泣。"

"你作任何反应都属正当。情感没有喜好路径。这是个天大的好消息。那我就对你说再见了。没有别的话要说了。"

"你的意思是，就这样了？"

"当然。你现在没事了……"

大笑。"我就知道你会那么想……不，我不这么想。我们必须再次成为朋友，老朋友。不管怎样，我还没完全脱离危险，所以你还可以对我好些。"

"等你完全脱离危险时呢？"

"那你可以回到常态。"

"我做了一个关于你的好梦。"

"真的吗？"

"我做了个美妙至极的、关于你的梦。你的精华，亲爱的。"

"大声点说。"

"我怎么能大声？这样的事难说出口。"

"所以你的声音这么轻柔。听我的，振奋起精神，说出你的梦中所见。更糟的情形你都经历了。在你的梦中，咱俩发生了什么？往昔岁月中未曾发生的事吗？"

"是的，是的。"

"真的？那准是个精彩的梦。我那时很爱你。"

"是吗？"

"当然。"

"这话听了很受用。听到你的声音真好。我说不出这梦有多好，希望你也做一回。"

"那么，把它写出来，寄给我。我说不定能收进那本关于你的书。"

"别说傻话。我可不拿自己作赌注。"

"你听上去好像在哆嗦。"

"我今天做化疗。"

"所以给你打电话。"

"然后还有这个讨厌的手术。我只觉得，因为我觉得身体还行，要继续好好生活了，他们就想把我拽回到……"

"不会发生那种事。"

"副作用很可怕。"

"比你刚开始时还可怕？"

"糟得多。"

"为什么会变糟？"

"因为毒素会留在体内。"

"但到了周日，你会变回你自己？"

"并非如此，得挨到周二或周三。"

"你哪天出院？"

"明天上午。他们把你赶出去。然后我回家，连着睡十四小时。"

"那周六感觉怎样？"

"就像得了重感冒。起来但下不了床。在床上待着。然后就是熬日子，就像这样熬。"

"你看上去怎样？你憔悴吗？瘦了吗？"

"瘦倒好喽。我现在很丰满，而且没头发。除了这些，我看着还行。"

"你没头发——戴假发了？"

"不，我没假发。我有一堆难看得要死的婆婆头巾。"

"头发还会再长吗？"

"会，但它需要一点鼓励。每月都遭受一次打击。"

"听我说。你现在感觉不错，外表也不错，这就足以证明了什么。"

"是的。这证明了我还不会马上就死。造影扫描有可能遗漏那些微小的细胞。这就惨了，我得再用六个月，把这疗程再过一遍。我真是怕了这个。当然，最糟的噩梦是，当大夫们打开我时，他们会吃惊地发现里面遍布肿瘤。"

"会那样吗？"

"应该不会。可现在这样又是怎么回事呢？"

"无解。"

"我会成个秃子，可我还不到四十。真不想死。"

"你不会。"

"你在梦里也这么说。"

"我不可能在二十四小时内说错两次。"

"再说一次。"

"我不会说错。"

"再说。"

"你不会死。"

"最后一次。"

"你不会死。你会活下去。"

"好了。谢谢你。回见。"

"嗯，我也想你了。我想过来看你，如果你想见我。"

"哦，真的？那你撒过的谎呢？还有，我是让你备受良心责备的秘密，让你想诚实而不得？"

"呃，嗯，我不确定。"

"你不确定什么？"

"我想我变了很多。"

"你是在学习怎样成为骗子吗？"

"我不会那么说。"

"对我说实话。"

"什么实话？"

"你想说什么？"

"我只是在说，想过来看你。"

"可你有一堆关于坦诚相待的原则。"

"不是原则的问题。是关系如何运作的问题，不是吗？"

"我不知道。你告诉我。"

"我就这么认为。有些关系……你知道，你不能随意说谎或掩盖真相——不管理由如何，它毕竟存在且终究很无聊。"

"但我曾以为，你不会随意说谎。"

"说得对，我曾以为我不会。"

"现在呢？"

"我不太确定。"

"我不明白。"

"嗯，我也不明白。可我觉得自己改变了许多——我不想再研究。"

"不妨试试。"

"不不，我决不能。"

"嗯，你看，亲爱的，我当然想见你——可没有你的这阵子又是怎么回事？"

"嗯，你问没关系。我承认，我这样显得多变，但也许我还是不来的好。"

"你是想尝试某种东西。你试了。我一点不觉得你多变。"

"我不太想聊这事。但这并不蠢。"

"现在是怎么回事？你非得说实话了吗？"

"是的，我会带几个八卦专栏作家和一个指纹鉴定专家。"

"我很困惑。"

"是的。但我确信，你自己也曾有过类似关系。在这类关系中，出于某种原因，权力的平衡从根本上发生变化，一切跟着改变。"

"到底发生了什么？你最好告诉我。"

"不，我不想再让你为我的家庭生活伤脑筋。"

"我过去没困惑，现在困惑了。"

"不不，你现在不该困惑。不把它当回事就好。真的，那样好得多。如果我把全部时间花在告诉你我的家庭生活，依赖你什么的，那可就完了。"

"你过去是在依赖我？"

"是。"

"现在呢？"

"你知道，我不想依赖任何人。不是因为我不认同它或别的什么。只因为像个刚长出腿来的蝌蚪。一个三十六岁的蝌蚪。可悲吧？"

"可如果要你经宣誓后如实回答，你会怎么说？"

"你说的宣誓是什么意思？在法庭上？好吧，听着（大笑），我在法庭上不会说谎，这我必须承认。"

"那你不该来。"

"在特定情况下，我在法庭上或许会说谎。但并不一定如此。"

"你清楚什么是特定情况?"

"不清楚。"

"那你或许不该来。我愿意见你。我想你想得要命。我这会儿真的被你说糊涂了。"

"对不起，我不想让你觉得心累。"

"别说傻话。但说实话，我真的被你搞糊涂了。我当然想你。说真的，今天下午特别想。"

"你想什么?"

大笑。

"得了吧。我不想听下流话。"

"其中一部分怕是下流话。"

"嗯，那种话也该有它的位置。"

"是的。既是这样，你来吧。真的，你来吧，我的小骗子。"

"你对政治感兴趣，是因为你是波兰人呢，还是因为你对政治本身感兴趣?"

"主要因为我是波兰人。它源自一种对自身处境的绝望。也因为寻求各种办法让处境变好。卷入不可避免。我在地下斗争中并不活跃——因为我找不到自己的位置。因为我不是天主教徒，而加入波兰地下组织的，主要是天主教徒。我出生时是个天主教徒，但现在不是了。连地下组织里的犹太人也接受波兰教会，但我不能，因为我认为，他们是用中世纪的心态来统治波兰人民。我还认为，我们的经济和政治情况差成这样，教会难辞其咎。它是一种极为落后的力量。我的父母早已双亡，虽然他们生而为天主教徒，他们并不信奉天主教。他们把我送去领我的第一次圣餐。"

"你多大，大约三十?"

"我？三十三。我中学期间不再信奉天主教。它不再能引发我的兴趣。它不能给我什么。不能激励我。只是去教堂，听对人没有任何启发的布道。"

"关于你的童年和青春期，你记得些什么？"

"我父亲深受压迫。他是个煤矿矿长。在西里西亚。战前和战后，他持有这座煤矿的大量资产，在当局统治下，他当然失去了一切。他不想入党，于是他被调到另一个岗位。他死于心脏病发作。我来到这所大学是在'布拉格之春'后。布拉格事件发生时，我还是个中学生。我专修英语语文学。你知道那是什么？"

"是的，知道。"

"英语的文化、发展史、语言文字等等。昨天发生了一件让我开心的事。之前发生了一件糟心事，然后是开心事。当时是高峰时段。我去查灵十字车站。数以百计的人从我身旁经过，我感到十分慌乱。我买了票，却找不到站台。我知道站台在哪里，但找不到我该去的那个。真不知人们是怎么弄清这些事的。我找不到哪怕一家信息中心。我迷失在人群里，人们则步履匆匆。我走近道口看守员。他正把着门，因为有一列车快要离站，一名歇斯底里的女子试图冲过挡杆，而他试图把她推回。不知怎地，我谦卑地问他去格林尼治的站台在哪里。他说：'看那块牌子，女士。'我心想：'什么样的牌子？我的天。'然后，我终于看到了牌子——上面写满各种符号，我找不到针对这些符号的答案。等我略略平静下来，我终于找对了列车、时间和站台。我稍微松了口气。但我还在可怕的人群中——人们推挤着我，因为我刚好挡了他们去站台的道。一定是我的眼神流露出了恐慌，因为我觉得自己表现得很正常。我径直走向站台，向岗亭里的人出示车票，那个人管收票，或者检票，我不知道。我给他看了看，然后把它放回手袋，他一把拽住我——从岗亭里探出身子拽住我。他摇了摇我，说：'开心点！'我吓了一跳。"

"你一定看起来非常沮丧。不仅仅是因为那事。"

"是的，真是可怕。但我喜欢这个男人。他待人和善。在这之前，从来没人这样对我作出反应。就在两小时前，我经历了另一件事。我在一个地铁站里乘自动扶梯上楼。很多人都在乘。我不赶时间，很多人从我身旁经过。我注意到一个朋友匆匆经过我，我还没来得及反应——这个男人我有十年没见——他正往上走，我赶不上他。我站在那儿看着。"

"这事发生在先。"

"是的。"

"所以，你已经在为这事感到不快和沮丧了。"

"是的。这还不止。事情真是奇怪。"

"他是波兰人。"

"不。是美国人。他曾是我的情人。十年前的。"大笑，"想我居然和他擦肩而过。"

"在美国的情人？"

"不。在波兰。他来过波兰两次。他自诩诗人，想要找到自己的'根'。"

"他是波兰裔美国人？"

"不，是美国犹太人。"

"你是指他的犹太根？"

"也许。"

"那事让你感到不快。"

"太奇怪了，你不觉得吗？"

"是奇怪。从另一方面说，你像一个火绒匣。知道这个词的意思吧？"

"嗯嗯。"

"你易燃易爆。你感受到的人的困境是别人的十倍。人们说，在一个陌生城市只住哪怕两周，也会变得有点敏感，但你的情况更严重。这儿有火绒的定义：'任何干燥易燃、一遇火星即可点燃、延烧或闷燃的物质。'火绒匣是装火绒的匣子。明白了吗？"

"火绒匣，明白了，是的。在家的时候，我也用这部词典。我用它来翻译。翻译占用了我的大部分时间。下班回家后，我做完家务，把女儿安顿上床，然后坐下来翻译。每晚三小时，"大笑，"为了让自己的生活更有意义。我要善用自己的生命，把它用于高尚的事业。"

"你也知道，我们都心怀此志。连养尊处优的西方人也是。"

"两天前在晚会上相见，我就有这种异样的感觉，我仿佛早就认识你。"

"或许我们都懂对方。但你的命运不同于我。我不嫉妒你。"

"是的，他们想让大家生活都好，所以共产党来折磨我们。这就是不同。"

"你笑什么？"

"当然是笑你。"

"哦，笑吧。"

"我很少和犹太人打交道。我对反犹主义一无所知。我出生时，我们国家已经没有犹太人了。即使见了犹太人，我也认不出来。我对不同的面部特征没意识。我不知道为什么。因为我读的是文学，读各种描述，但毕竟缺乏街头经验。第一次遇到这事是在长岛。当时，我丈夫和我已在美国待了一年，在我们有女儿之前。他在攻读学位。我们在去曼哈顿的火车上，车上有很多去那里工作的人。在一个车站，很多犹太人上了车。"

"你怎么知道的？"

"我丈夫说：'看，那些都是犹太人。如果你想知道犹太人长什么样，就看看他们。'"

"他们不是信教的犹太人。"

"不不，不是。是些夹着公文包的高管。"

"犹太人夹公文包？"

"是啊。奇怪吗？不奇怪。"

"同意。如今更奇怪的是留鬓角的犹太人。除了他们的公文包，你还看到什么？"

"和你一样的头发，和你一样的衣服——不，"大笑，"后来，我开始留意五官特征。"

"但你有过这个寻根的情人。你没好好看过他吗？"

"他不怎么像犹太人。现在回想起来，是的，是有些相似的特征，但也不算突出。瞧，我现在该走了。"

吻她。她大笑。"这是什么，感伤？"

"不，只是怜悯，"两人大笑，"不管怎样，我吻的是你的语句，不是你。我在吻你的英语。"

"我杀了你。我带了炸弹来。"

"那我就像共产党，只想让你的生活变得更容易。"

"你只想让我的语句更复杂。"

"那当然——也想知道你为什么到处打探犹太人的消息。"

"你最好告诉我，是什么让你这么不安？我不能每天从工作室回家，夜复一夜地像这样坐下吃饭。你不说话。对我的话也没有任何反应。你脸色也不好。"

"我睡不着觉。"

"为什么睡不着？告诉我。"

"我不知道。"

"有什么烦心事？"

"和你没关系。"

"这不是不告诉我的理由。和我确有关系，不是吗？"

"我想知道——不，不想，我不想知道！"

"好了，我们开始吧。到底什么事？"

"你去工作室不是为了工作——你去是为了干！你在工作室和别人有染！"

"和别人？我？"

突然大哭起来。"是的！"

"很遗憾，我工作室里唯一的女人，是我小说里的女人。有人陪再好不过，但那样没法工作。"

"不是你的小说，是你的笔记本！你把它落在了公文包外。我拿来翻了。我真蠢——我后悔干吗要看！我就知道不该打开——我就知道有多不堪！"

"你知道，你这是在无事生非。"

"是吗？"

"你想哪儿去了？你碰巧看了些笔记——"

"不是'笔记'——是和这个女人的谈话记录！"

"她是虚构的。"

"怎么可能是虚构？她知道你根本不可能知道的事情。是她来你的工作室，是她让你这么魂不守舍，一连数月对我不感兴趣。我跟你说话时，你几乎无法保持清醒。而她跟你说的话是有多精彩，你得一字不落地记下来。她只要张张嘴，你就成了受话器——一个酷爱声音的人？天哪，这都是些什么自命不凡的废话！"

"她可以是让我一连数月对什么都不敢兴趣的原因——同样，我正在写的书或许是让我一连数月对其他什么都不感兴趣的原因。"

"你就是——你就是——"痛哭。

"就是什么？"

"你爱她远比爱我多！"

"因为她不存在。如果你不存在，我也会像那样爱你。真不可思议，我们居然为这事争吵。"

"我们争吵是因为你说谎！"

"这真是愚不可及。"

"我猜，在医院跟罗莎莉·尼科尔斯的对话也只是想象。但你确实在医院跟她说过话，你告诉过我，你在医院跟她说话！"

"是说过话。我把某些对话记了下来——更多是我们没说、我编的话。我甚至不记得真的交谈何处结束，编的打哪开始。她处境可怜，但很勇敢，我不想忘记这点。书里有一部分是准确的记录，这部分给了我灵感，让我写出但愿是准确的想象。我的捷克朋友伊万，也许有点疯，从不指责我和奥琳娜睡过。她离开他后，我和他也没闹翻——你读那部分了吗？"

"我全读了！我都穿上大衣了，真傻，真傻，我又坐回去，从头到尾读了一遍！唉，不知道还好些！"

"我并不相信这出肥皂剧，真的。你非得把一切都戏剧化。"

"是你在戏剧化，一会儿跟这个人，因为她代表了中欧的声音；一会儿跟那个人，因为她听起来出身高贵——"

"又是这一套。我不想为自己解释。和谁吵，我也不想跟你吵。我不想提醒你，人们的声音如何吸引我，笔记本或许用来记录这个。我想象出一段恋情——我一向这么做。和多数男人通常的想象方式不同；他们一边幻想，一边握住自己那话儿。但我不会，因为这是我的工作。"

"但我读了那些章节，你给我读的、关于那个英国女人的章节手稿——可这不是那个英国女人，这是那个女人的原型，是个真实的女人！别对我假装她们是同一人！"

"我没装。一个是笔记本里我与之交谈的某人，另一个是卷入一部复杂小说中的主要人物。我在想象自己，在我的小说之外，和小说里的一个人物发生了恋情。如果托尔斯泰想象自己爱上安娜·卡列尼娜，如果哈代想象自己爱上苔丝——我不过是跟着线索走——哼，去他的吧。你有什么建议？让我自我监察？让我别犯这种冲动，以免——以免什么？启发淫思色欲？告诉你，我不会接受你或任何人这样的审查！"

"哼，说谎的人裤子脱了让人逮个正着，却还振振有词！别他妈跟我标榜自己有理，也别对我狂喊乱叫——我不吃你这个！你被抓住，还想给我灌迷魂汤！"

"我在帮你明白事理！我给了你伊万和奥琳娜的例子。当奥琳娜和那个黑人私奔时，我们真的一起吃过饭，伊万和我，他也真的告诉了我所发生的一切，但他没有指责我和他妻子私通。我从没真的和他妻子私通，也从没受到这样的指责，只在你读的那本笔记里才有那事。我把自己写成当事人，是因为仅仅在场还不够。那不是我的写作方式。只是让笔下的人物陷入被捉奸的尴尬处境，没法让我的想象力充分运作起来。我必须让自己也陷入这种尴尬的处境，以便让自己感同身受，灵感沸腾。先羞辱我自己，才能让我想要的控诉更饱满。我说完了，如果你还不相信我，这他妈正好证明了我的观点。"

"但在戴安娜的晚会上，你确实结识了那个波兰女人。这你告诉过我。她打电话来这儿时，你也只能告诉我。"

"然后？所以？"

"你和她也有私情。"

"有吗？也有？她才待了一周。"

"所以——就在那一周。就冲她那万般迷人的口音，你也得跟她好上。还有，那个美国疯妞是谁？她又扮演什么角色？"

"控制自己。学会思考。"

"她会思考——跟她说理去！"

"这回的'她'指谁？"

哭泣。"你那个三十六岁的。"

"咱把笔记本拿来，好吗？咱坐下来把它过一遍。如果有必要，我会按尽可能准确的理解，逐行向你解释我在做什么。我会告诉你，哪些片段取自我和很多人——包括罗莎莉·尼科尔斯、波兰女人和'美国疯妞'——的交谈，又有哪些片段不是取自这些交谈，而后者碰巧是你阅读的重头。故事得回到我认识你之前，和罗莎莉之间的恋情。当她和她丈夫出现在第八十一街楼上时，两口子正准备搬离英国。你就没想过，她可能就是那个英国女人，她的英格兰——和她的婚姻——出现在你读的内容中？我不介意你读它。我要是担心你读，就不会把它随便乱放了。我带着它在这里和工作室之间来回跑，因为你知道，有时你已经在床上睡了，而我坐在卧室里，临睡前坐在卧室的椅子上编写我和这个女人——还有其他女人——的对话。或许是到在你入睡的卧室里想入非非这种程度；或许是到某种不正当的背叛的程度。可是，虽身在卧室陪着固定伴侣，却心系幻想中的女人，这样的男人不独我一个。甚至还可能有虽然和固定伴侣同室而居，但行为同样不纯洁的女人。区别在于，我强迫自己把不洁的想象化作文字写下来。一种（可使罪行）减轻的情节：我的作品，我的生计。顺带一提，在我的想象中，我对所有人不忠，不只是对你。这样吧，你就把它看成一种凭吊，因为它也是凭吊——对遇见你之前我所过生活的一种追念。我不再那样生活了，我其实是碰巧按已婚男人的现成模式来生活——但允许我稍稍怀念一下过去的方式。你也知道，这样的渴望并非完全违背自然。如果发现我的笔记本让你感到难过，对不起，这不是我的本意。但我必须说，你是用一种天真的、完全偏执的误读在质问我。"

"这么说，我该相信她是以多年前在纽约和你有过私情的英国女人为原型。除此之外，她只活在你的想象之中。"

"还有你的。"

"而且，你从来没和奥琳娜有过私情。这我也得相信。不然，我就不光偏执，更糟的是，我还庸俗加天真。"

"伊万已经够倒霉，失去得够多了——奥琳娜是他的所有。我没有逾越本分，而他也从没这样指责过我。他也从没说我是个下三滥作家。他就在纽约，你打电话问问。给奥琳娜打电话——问她。"

"如果你愿意，那你向我解释，你怎么就知道英国人那么多的生活细节？这个虚构的英国女人在你工作室告诉你所有这些，而你在你的脑海里和她发生奸情。"

"因为我已经在这里生活了一段时间，有时会注意到。因为我从罗莎莉那里学到一些。因为我的职业迫使我假装比实际知道的要多。这个女人集所有这些之大成。"

"可这些对话都这么亲密。"

"我知道那些可能让你抓狂的地方，也能理解你为什么抓狂。但这种亲密同样有趣——它也是一个主题。"

"苟且后的亲密。那才是主题。"

"是吗？我并不完全这么认为。"

"你应该这么认为。那种宁静，那种交心。整个氛围就是那样。你对她比对我亲密。"

"不是这样。"

"近来是这样。"

"你知道，感情的事起起伏伏——冷漠和温柔来回交替，不可思议的温柔之后是不可思议的疏远，像我们这样一起生活这么久的就是这个样子。但我和她在一起的时候，并没有这种感觉。我和她会有爱，是因为它可以被分隔开。那只是偷情的片刻，不会持久。"

"在那个笔记本里，它是持久的。"

"其实，我该把你的嫉妒解读为对我说服力的高度认可。"

"我在想，我该把在这里读到的一切，视为我深刻的失败。不管我相信她存在，还是相信她不存在，你对她的爱存在，要她存在的欲望存在。这更伤人。笔记本不过是你逃避婚姻和我的尝试。"

"假设是，又怎样？真的是，又怎样？你想哪里去了？逃离婚姻的企图是婚姻的组成要素。我看到它有时是维系婚姻的重要力量。我写出这些，不是想要伤害你，而是想部分追寻这事的逻辑——或这事的不合逻辑之处。你不能那样解读，这实在让我失望。"

"如果有个人具备你所没有的一切优点，而我对他充满渴望，你会怎么解读？"

"你真的不能让自己被一个杜撰的情境所毁。"

"我干吗不能？怎么不能？好，你是对的。我心知这不公平。只是，你离我那么远……远得可怕。"

"要是如你所言，那就是另一回事了。"

"不不，是同一回事。你本不会有想象中的朋友，本不需要一个想象中的朋友……你打算出版那本笔记吗？先小说，后笔记本，你对往昔生活的悲情追忆？这就是你的计划？"

"我不知道。"

"不知道？你把各个片段这样拼接起来，让那捷克斯洛伐克女人作反映一切的镜子，因为你不知道？"

"我想到过。我不确定最终的结果到底怎样，但我当然想到过出版。"

"照原始的样子出？"

"我说了，我不知道。按说，不加多余的说明自然高明，但我还没深想。我并不确知我弄出的东西是什么。是什么的肖像？到目前为止，我只是捎带着鼓捣那些笔记，但主要关心的还是小说。"

"嗯，或许你该好好想想。因为你写的是私通，所以还是把你名字摘出去的好——你不觉得吗？'菲利普，你有烟灰缸吗？'可以把它变成'内森'，不是吗？如果有待出版的话。"

"换名字？不。这不是内森·祖克曼——不是要写祖克曼。小说是祖克曼。笔记本是我。"

"你刚告诉我这不是你。"

"不，我告诉过你，是想象着的我。这是一个关于爱情想象的故事。"

"可如果有一天，笔记大致按原样子出版，说明等等全都免了，他们跟我一样不会知道它是一个关于爱情想象的故事。"

"他们一般不会知道，所以两者有何分别？我写的小说被说成是自传。我写的自传被说成是小说。既然我这么蠢，他们这么聪明，就让他们来决定它是什么或不是什么好了。"

"是的，我明白让读者来决定，对你和他们而言或许会很有趣——可我怎么办？"

"你也得自行决定，如果你执意不信它实际上是什么的话。"

"我是说，羞辱我这点怎么办？"

"你怎么可能被并非如此的情形羞辱？这不是我自己，离我本人差着十万八千里——这是玩乐，是游戏，是对我自己的模仿。用腹语术替自己说话。反过来或许更易理解——这里的一切都是伪造的，除了我。或许它两者兼有。但不管两者兼有还是两者之一，亲爱的，它最终指向游戏之人。"

"可除了我们，谁又知道这个？"

"无论如何，作为一个作家，我不能，也不是活在一个谨慎的世界。尽管我情愿谨慎，我向你保证——那会让生活更容易。但遗憾的是，谨慎不适用于小说家。羞耻也一样。羞耻心是自发的，不可避免的，甚至或许是好的；但向羞耻投降则是重罪。"

"可如今谁还谈论羞耻？只要让那个该死的美国姑娘说一声：'内森，你有烟灰缸吗？'只要这样重复三四次，对谁来说一切就都不是问题。你要去哪儿？"

"出去！一听别人跟我讲什么该写我就发狂，所以我干脆出去！"

"别走。别一个人走！我陪你。"

"可我们不能在大街上继续这场争论。已经争够了。结束了。不能因为我写了某些东西就对我穷追猛打，尤其是你。亲爱的，这是写作，不是别的什么。"

"可是照原样出版——"

"我的天啊，这难道是他妈的东欧？我不会任由谁来摆布！这太荒唐了！我不会接受！你不能凭一个简单可笑的病理性原因，就来阻止我写我所写——因为我阻止不了我自己！我以我的方式写我所写；如若它当真发生，我会用我愿意的出版方式出我所出。我不会在为时已晚的情况下，却担心起人们会怎么误读或读错的问题。"

　　"或者读对。"

　　"我们在谈的是一本笔记，一张蓝图，一个图表，不是人类！"

　　"可你是个人，不管你愿不愿意！她也是！"

　　"她不是，她是文字——我再怎么努力，也不能去操文字！我要出去——就我自己！"

"喂？喂？"

"喂。"

"……喂。"

"是我。"

"我知道。能听出你的声音。"

"我当然也能听出你的。"

"你好吗？"

"我好吗？我还行。你呢？我就想打电话问问。"

"我很好。我一直在给你打电话，可不知道怎么联系上你。我试过你的号码。你的旧号码作废了。"

"你往哪个国家打的？"

"你在英国的工作室。"

"我已经不在英国。现在长居美国。话说，你怎么样？"

"我很好。我一直都在惦念你。自从读了你的书，我想了很多，不知道该不该打给你。"

"我猜也是。我也想过。我想过它对你婚姻的影响。"

"呃，老实说，他没读过这本书。"

大笑。"当然了，没读就好。那我白担心了。你到底怎样？告诉我。"

"我很好，不是吗？我真不知从何说起。"

"你纳闷我为什么不给你打电话吗？"

"不，我不纳闷。我觉得那是个决定。我们上次见面时大家不欢而散。你明确说要走你的路；我就想，好，你要走你的路，那我也走我的路。那是几年前了。我们于是各奔东西。"

"是的。"

"说真的，我很高兴你打电话来，因为我非常想你。很长时间以来我没打给你是因为你说不想见我，因为我们之间不再是恋爱关系。所以我——"

"不不。是你说你不想见我。你说你受够了让你良心不安的秘密之类的。"

"我说过吗？"

"说过。许多次。你知道我记性好。"

"天啊，说得对！我当时惊呆了。你以那种方式暴露了你自己，因为有两个人说过：'我听说那本书里有你。' 对我说的。"

"真的？"

"真的，是那种非我莫属的声音。"

"说的人是谁？"

"我的朋友当中，有读文学作品并听我说话的人。"

"嗯，你有一种独特的传达方式。我那时爱你有二十种理由，但这是其中之一。在我听来，那是一种悠长迷人、终极感伤、夺人的——"

"你的声音也好听。"

"从来没有谁像这样备受珍爱。我被你迷住了。"

"哦。"

"你当时知道吗？"

"我……哦，亲爱的……"

"别学英国人那套。"

"嗯，我在想……"

"想什么？"

"为什么它没发生，像书里写的那样。理由之一是你有很多时候不在，尤其在开始的时候。它待在幻想的世界里。像是个梦，真的。它是那么与世隔绝。"

"我一直想着你。"

"嗯，我也一直想着你。"

"要我开启'记得咱俩那天下午'的模式吗?"

"好的，好的!"大笑，"顺带说一句，我不再年轻。刚认识你时，我还年轻。到你三十八岁时，它就突然结束。你懂我的意思，不是一切都结束，但结束了一部分。"

"激情不再?"

"噢，那个差不多十九岁前后就没了。我眼看就三十九了。我想在国家历史博物馆的恐龙厅办个晚会。"

"那是个好地方。这主意很好。"

"我是想说，我觉得已经到了人生的转折点，该重新审视自己。你知道，当你认定自己不再是个女孩，你就不……我不知道，一下子很难说清楚，可那种转变，对女人来说很困难的转变，我才刚开始经历。你肯定听人说过这个。"

"我之前没打电话，是因为我不想再次打扰你的生活。你俩还在一起吗?"

"是的。你呢?"

"我也是。"

"我们现在融洽多了。"

"或许，这里也有我的功劳。"

"我就是这么想的。我没再打电话，当然本不该打，但没打的原因之一是，最后一次见你时，我没留意到自己怀孕了。我又添了个孩子。"

"真的吗？又有孩子了？"

"是的。这真是个讽刺。想想那本书。当然是个男孩。我们现在就这样。孩子很可爱。"

"谁的孩子？"

"他是……是我丈夫的……是他的。"

"知道了。我必须问。"

"他也问了。"

"你肯定是他的吗？"

"完全肯定。"

"嗯，生活充满了讽刺。你儿子是有了，但不是我笔下角色的儿子，也没出现在我书里。我只是想象，而他真的把事办了。这正是我们之间的区别，也是你和他而不是我在一起生活的原因。"

"是的。那就是生活，总跟小说稍稍不同。"

"你现在是两个孩子的母亲了。"

"是啊。"

"你说这话语气感伤。"

"啊，我只是觉得这个词有感伤的内涵。但孩子们都很可爱。

这些天正忙着清点我的各种好运。"

"这么说，你现在和丈夫处得好多了？"

"嗯，你知道，做着体面的事。我一直纳闷大的问题在哪里。很明显，难驾驭的问题并不少。孤独——我寂寞极了，有时对工作心生厌倦。不过，除了大问题，其他方面都还好。"

"你有情人吗？"

"没，没有，我没情人。听我说，看到这个人物这么消沉，我很惊讶。我简直弄不清。既然写的是我……"

"写的是你，就是。很大程度上是你。"

"嗯，我现在不再是那样，"大笑，"我现在是个积极向上的人。"

"你变得积极了，真的吗？谢天谢地，这发生在我写过你之后。书中的正面人物令我犯困。"

"可是那种消沉——那真是恐怖。对我来说，那是灾难深重之人的肖像。那种完全脱离日常生活的人。你不这么认为吗？"

"可是，在某个节点上，写作本身会起支配作用，改变事物的样貌。"

"不过，我明白它来自何方。就在几周前，我的一个朋友读完了那本书；他问我到底和你一起吃过多少次饭。他说：'这本书里有个人很像你。'我丈夫当时也在场。我含糊其词。我都不知道当时怎么答的。"

"你说：'我不吃午饭。'"

"在那种场合，我不确知该怎样说出格外机智的话。另一个困扰我的问题是为什么，为什么你要那么做？你为什么那样对待生活？尤其是鉴于你是个注重私密的人——我们的关系却被私密性扭曲，被你旨在掩藏整个事态的偏执所扭曲。为了你妻子的缘故？那你为什么要写一本必定被她误解为根据真人真事写成的书？为什么？"

"因为我干的就是这个。这不是偏执，根本不是偏执。有些东西本不会给人带来幸福，我这样写是为了让她免受这类伤害。而且，她以为那个人是罗莎莉·尼科尔斯。"

"当然，不久以前的那个。"

"是的。和书里的女人一样，就住楼上。"

"嗯，这我全都知道。我们谈起过她。她是我在牛津的同学。"

"我知道。"

"这真好玩。罗莎莉·尼科尔斯怎么看？"

"把她也蒙住了。她说：'原以为你是爱我的身体，没想到那只是为了我说的话。'"

"我就知道她会对你那么说。我就知道事情会是那样。我就猜到她会以为那是她自己。我敢打赌，她心里不定怎么美呢。迟早会有人来告诉我，那人就是她。"

"很有原创性，是吧？"

"你不光偷了我的话，还把它给了别人。"

"这也让你不快了吗？"

"我不怎么喜欢。"

"假设把你的姓名和住址写进脚注，你会不会感觉好些？"

"整个这道坎不易迈过。生气，是的。我是不开心。我想，如果处在你妻子的位置，我会立刻知道他已经对另一个人着迷很久了。依我看，这跟你说的一切恰好相反。把这种丑陋一股脑强加给我们在一起的时光是没有意义的，因为反正你干了那事。"

"这么说吧，我担心的不是我——我有罗莎莉·尼科尔斯作掩护。我在想，倒是会给你带来麻烦。"

"有可能。其实，谁知道呢？将来多半会有麻烦。"

"你有了另一个孩子，这可是个——呃，不是打击……而是……呃，就是打击。我是那么爱你。"

"或许你是从远处美化了我。时至今日，如果说现实或已无法和你的记忆相比，它也无法和你的所写相比。你曾深爱的人或许不是那个无足轻重的非虚构的我。"

"是你。要不是因为你，我不可能那样来写她。我不知道我以前是否告诉过你我有多爱你，也不知道自己是否知道，直到我把书写成。当时，四周有种种必然的限制。我们有过一段美好时光，哪怕是被困在那个糟糕的屋里。但在那几个小时里，我不仅仅和你在一起——在写作时，我和你共享了一生。你不在时，我和你过想象的生活。这是一份浓浓的情谊。"

"但你做不到。你做不到像那样同时拥有想象的生活和现实的生活。你多半是和我过着想象的生活，而和她过着现实的生活。听着，你不可能像那样记下某人说的一切。"

"但我做到了，不论当时还是现在。"

"反正我不高兴这样。就像土著居民不愿意让人拍照一样；那会把某种东西从他们的灵魂中带走。"

"我知道你曾经不高兴。"

"是，曾经很不高兴。"

"你什么时候释怀了？"

"我很可能还没释怀。"

"我怀念和你的对话。"

"以及记录我说的话。"

"当然。"

"可是你知道……我怀念和你对话。我非常非常怀念。有时我会在脑海里对你说话。"

"我也这样对你说话。"

"'弗雷什菲尔德①'对我来说，实在不是个好名字。你本该和我商量。"

"我是从一首英文诗想到的。'明天迎向新的树林和新的牧场。'"

"这我意识到了，但还是不好，太直白了。"

"你还是那么犀利。"

"我们在餐厅和反犹女子交锋的场景——所有的英国书评家都说，那一幕从哪个细节上看都不真实。"

"是的，"大笑，"我以为你会冲上去为我辩护。"

大笑。"他们以为，它怎么着也该是想象的产物。"

"是的，他们该多出去吃饭。"

"我们本来也该这样。"

"我们其实试过，但臭女人让我们变规矩了。那之后我不再和你一起出去，至少在信奉基督教的国家是这样。"

"所以你才回美国住？所以你放弃到这里来——因为受不了这里的基督教氛围？从你书中读得出这种感觉。"

"我的书只是一本书。我的离开有很多原因。我们分手是原

① Freshfield，由fresh（新的）和field（牧场）组成，故有下文一说。

因之一。"

"是的，但在小说里，我代表的就是英国，不是吗？我一直在想这事。我似乎把你变成了一个这里的外国人。是我使你意识到，英国不适合你。"

"一切都使我意识到这点。你把我变成了一个外国人？我明白你在说什么，但其实你起了两方面的作用。听你说话，有时确实让我觉得自己是个外人，但通过你，我这个外人又有点像你们中的一分子。我在跟你学。不是我不理解你，而是你让我明白，我什么也理解不了。认识你之前，我以为我懂得了这里的什么。但了解得越多，我越感到每年中的半年时间，我仿佛生活在十二世纪的中国。到头来，我什么也没明白。"

"你整天缩在一个连床都没有的小屋，怎么会明白？既然你现在回来了，你理解那里的一切吗？"

"有些我是懂的。我在纽约走很长的路，不时停下脚步，发现自己在笑。我听到自己大声说：'回家了。'"

"纽约有不少人在街上四处游荡，同时还自言自语。我在那里见过这样的人，原来你也是其中一个。我当时还想，他们准是疯子。"

"不，他们刚从英国当兵回来。在街上转悠时，我确实看见了久违的东西。我渴望着的东西。一开始我没有感觉到，至少没有明显感觉到，直到我回来几个月后。"

"那是什么？"

"犹太人。"

"你知道，英国也有犹太人。"

"我说的是有力量的犹太人。有欲望的犹太人。没有羞耻感的犹太人。爱抱怨、不怕招人烦的犹太人。吃饭时胳膊放在桌上、没教养的犹太人。不近人情的犹太人，他们心怀愤慨，口出恶言，不惧争吵，行止放肆。不管阿里埃勒·沙龙知不知道，但纽约是真正的、喧嚣不止的犹太天国。"

"所以，英国对你来说基督教味太浓。"

"比起这里，特拉维夫的基督教味更浓。经历过了伦敦，连埃德·科克看着也还行。"

"他是谁？"

"纽约市市长，犹太人，不招我那些自由派朋友的待见。我倒不烦他。看他在电视上挥动胳膊，听他用单调、自满的语气抗议种族歧视，我俯身亲吻电视机。那天，我开车去新泽西看我父亲，从林肯隧道出来时，旁边那辆车里的家伙骂我混蛋。他摇下车窗说：'你他妈的混蛋，你！'我甚至不知道自己做错什么了，只是笑了笑，对他说：'伙计，有本事放马过来。'那叫一个蛮横！那全情投入、绝无半点客气的斗狠——让人青春焕发。当我看到所有人处处争先时，我开始记得什么叫作人。"

"你回到了部族的怀抱。"

"是的，回了。这不奇怪吗？"

"也没多奇怪。游子回到故乡。你是读过《奥德赛》的。"

"我知道。又一部流放和回归的小型史诗。你是其中的谁？瑙西凯厄①？卡吕普索②？"

"是荷马。我一直想写一本关于你的书。"

"写呗。"

"你知道会叫它什么吗？叫《八卦》。不过这本书可不是要八卦什么东西，八卦只是这本书的主题。你能想象这有多可怕吗？"

"对谁而言？"

"对你。"

"只管放手去写。"

"我并不这么想。你知道，我很反对照抄人家的原话并把它挪到小说里去，成名后又恨批评家说它不是原创。"

"你有一个婴儿不等于我没造出一个婴儿。你是你，不等于我没有创造你。"

---

① Nausicaä，荷马史诗《奥德赛》中国王的女儿，曾给遭船难的主人公奥德修斯以帮助。

② Calypso，《奥德赛》中的海上仙女，曾将主人公奥德修斯截留于其岛上 7 年。

"我也存在。"

"对，你也存在，而我也创造了你。"

"你也并不只作为你而存在。"

"现在当然不再是。"

"你从来不是。在我造你的过程中，你从不存在。"

"那是谁在你工作室里把我的两条腿搁在你肩上？少来这套，自以为很高雅其实全是废话。我是英国人，这我甚至都没听说过。英国文化的奇妙之处在于，我们要么太明智，要么太愚笨，总之听不得这套。我只是想说，我对自我曝光、各色各样的背叛和所有这一切将会导致的后果，抱有混乱、复杂的感受。"

"你不觉得说背叛有点言过其实吗？没有哪份合同规定，在与你有关的事情上，我就该背弃我的职业。我是个小偷，小偷不值得信任。"

"哪怕对方是他的情妇？"

"不管你感觉多么暴露，没办法认定书中出现的就是你，或者说，你的可识别性并不高。不管你作为原型有多突出，广大英国公众恰恰意识不到。只要你不告诉他们，他们永远也不知道。"

"别发火嘛。我没跟你说我的感受简单——我是说这种感受很复杂。也确实复杂。事情的实质无非是，一个女人来和一个男人聊了一阵，可这个男人真正的所想却是他的打字机。你爱你的打字机，胜过爱任何女人。"

"对你，我不是这样。我相信，我是同等地爱着你和它。"

"嗯，我碰巧知道，每当你感到烦躁彷徨，你就准定有东西可写。而它——我的书——正是关于亲吻与诉说的，因为要是我真写这本书，我会这样来做。我的描述不是很到位。"

"到位了。"

"我该写吗？"

"由我来说'不'不合适，尤其是，我没准会再写一本关于你的书。"

"你不会。你不能。你不会写的，对吧？"

大笑。"当然要写。刚才那些对话会是它的一部分。"

"好吧，我会很惊讶。我管这叫使出最后一招，真的。"

"别低估你自己。你是了不起的一招。对我来说，你曾经是。"

"我是吗？哎，我之前还生气呢，生了好几个月的气。虽然我内心很矛盾，真的，因为我一旦读了，也就怒不起来。"

"这是为什么？"

"或许，因为它很，很……除非是我搞错。"

"你没有。我就想书里会有你喜欢的东西。我写下那些，就是为了取悦你。"

"真的有。我没错过这些。读的时候感觉很奇怪，非常奇怪。因为我从不怀疑其中哪些是写给我的——我或许会搞错，但我从不怀疑，而哪些则明显不是。"

　　"我相信你没有错过任何一处。但我想，那就是我们原本可过的生活。也是我们真实的生活。"

　　"我明白，明白。一个多么奇怪的故事。"

　　"我知道。谁也不会信它。"

Philip Roth
DECEPTION
Copyright © 1990, Philip Roth
Simplified Chinese Edition Copyright © 2020
SHANGHAI TRANSLATION PUBLISHING HOUSE (STPH)
All Rights Reserved.

图字：09 - 2018 - 727 号

图书在版编目(CIP)数据

　　欺骗/(美)菲利普·罗斯著；王维东译. —上海：
上海译文出版社，2020.7
　　(菲利普·罗斯全集)
　　书名原文：Deception
　　ISBN 978 - 7 - 5327 - 8367 - 0

　　Ⅰ.①欺… Ⅱ.①菲… ②王… Ⅲ.①中篇小说-美
国-现代 Ⅳ.①I712.45

　　中国版本图书馆 CIP 数据核字(2020)第 083810 号

欺骗
[美]菲利普·罗斯　著　王维东　译
出版统筹/赵武平　责任编辑/王　源　装帧设计/COMPUS·汐和

上海译文出版社有限公司出版、发行
网址：www.yiwen.com.cn
200001　上海福建中路 193 号
杭州宏雅印刷有限公司印刷

开本 890×1240　1/32　印张 5.75　插页 5　字数 64,000
2020 年 8 月第 1 版　2020 年 8 月第 1 次印刷
印数：0,001—5,000 册

ISBN 978 - 7 - 5327 - 8367 - 0/I·5131
定价：58.00 元